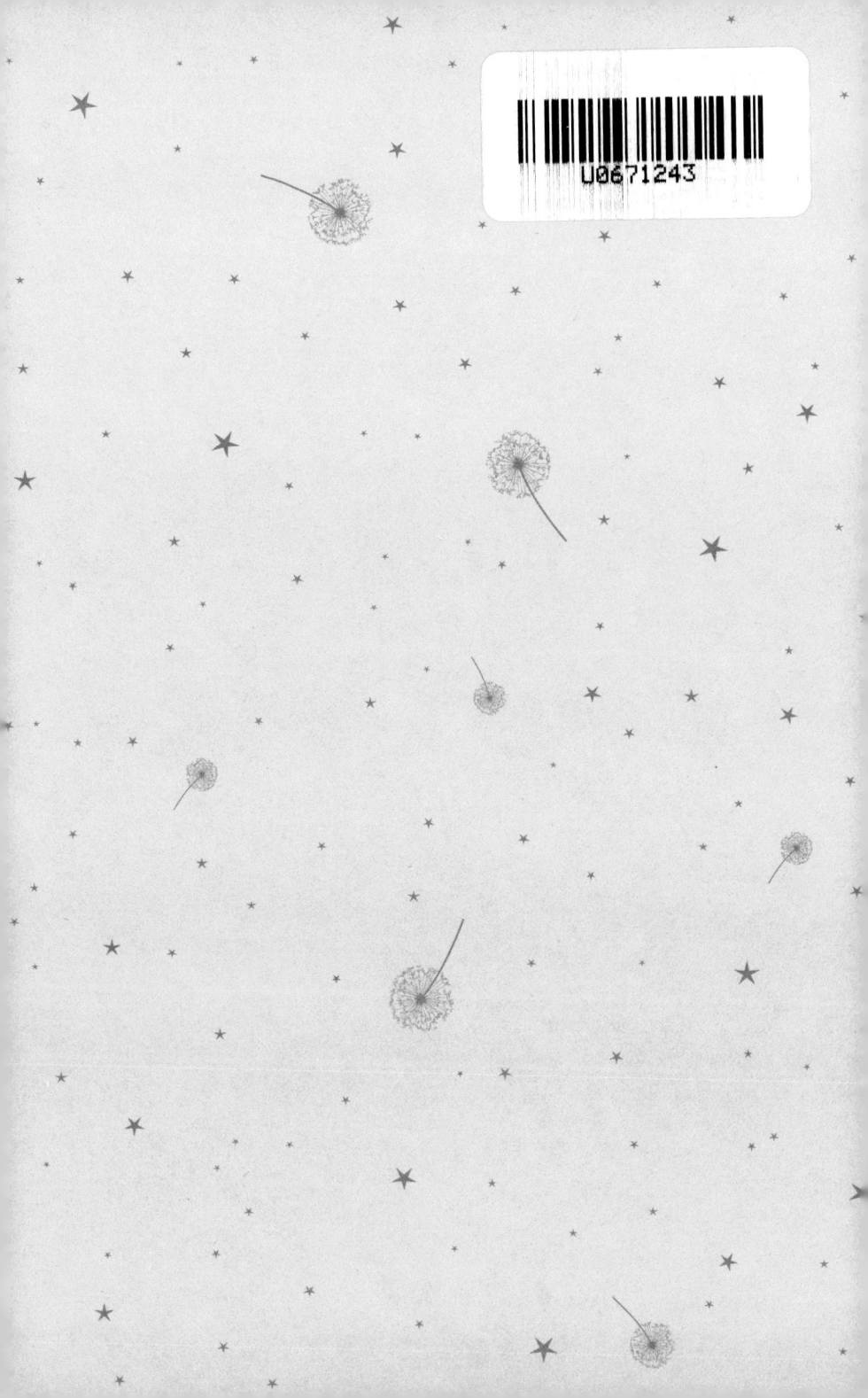

My Memory, My Soul

记忆盒子

漪然　著

云南出版集团

云南美术出版社

Contents
目 录

序　记忆盒子

究竟是什么构成了一个人？是他的身体，或是他的灵魂？

究竟是什么构成了一个人的灵魂？是他的感觉、思维，还是他的记忆？

我有很多事情都已经记不起来了，如果记忆是构成人的灵魂的一种元素，那么，我已经丢失了自己的一部分灵魂。为了让剩下的灵魂不再被弄丢，我把它们放进一个盒子里：

这个盒子没有盒盖，因为已被遗忘的过往也可能忽然在回忆中重现；

这个盒子没有盒底，因为光阴流逝、记忆增长，永远也看不到哪儿是尽头；

这个盒子没有边框，是想给灵魂一些自由，更何况许多往事本就没有形状；

这个盒子没有上锁，所以也就没有任何一把钥匙能把它打开，或把它关闭；

这个盒子一直被我带在身边，可我总觉得它离我很远、很远……

这个盒子即使被人偷去了，它也始终就在我的眼前——

这就是我的记忆盒子。

第一辑

记忆盒子

在我的记忆里，那个冬天，倒很像是一个
童话故事。

金色桎梏

    不知这是不是一种巧合？每当我因为生病，不得不躺在床上的时候，窗外的天气总是特别的好——就如十二三岁时在医院里的那些日子，我记忆中最灿烂的阳光就洒在那条白床单上。这时候也往往是一年中最美、最动人心的季节——就像我三岁那年的那个秋天，那个连空气都是暖暖的金色十月……

    现在又是这样一个好天气，阳光就像金丝织成的亮缎子，罩在地板上，罩在窗玻璃上，罩在阳台盛开的那些白色、黄色、粉红淡绿的花朵上。再往外去，就是一片晴朗无云的碧空，那高高的、无边无际的蔚蓝……

    每当我无能为力地躺在床上，同时却又忍不住向窗口望去时，我便有一种极其清晰的感觉：就在那儿，在我的心里，有一个东西正在贪婪地吸取着我眼中所及的每一寸光明，并因此而迅速地膨胀。我的心被它绷得隐隐作痛，可我的眼睛却不能从有光亮的地方挪开。

一个人最大的渴望总是在没有任何希望的地方出现，这，也是一种巧合么？

如果有幸见到他，你可一定要让他拿出来给你看看啊！

门

　　三岁前，在记忆中留下的唯一一幅清晰的画面，就是一扇门。一扇敞开着却无人走进或走出的门。

　　门外，是一条灰色的街道。街边种着几棵间隔不远的小树。那些稀疏的树梢和悬在梢上的天空，都被低低的门楣挡在了外面，只有几根淡褐色的纤细树干，远远地垂着，就像挂在门上的一道栅栏。

　　这道栅栏下，总会有一两个人，像睡着了一样，低着头，走在空荡荡的路面上——那时的街上没有花花绿绿的广告画，没有红白两色、横在路中央的标志牌，没有汽车，更没有戴着头盔的摩托车手，就连摆摊卖东西的小贩也极少出现。除了偶尔滑过街道的一辆打着铃儿的自行车，便再也没有什么可以惊扰这些行人的梦游了。

仿佛还记得，那时的我就站在那扇门口。我可以走路，可我竟没有朝门外迈出一步。那似乎是被禁止的。于是我只是望着，望那条街，望街上的行人（他们有时也会扭过脸来，漫不经心地看我一眼，可他们从来不会走近我，走进我靠着的那一扇门）；还望着那个离我十分遥远的、门外的世界（所有不能走入的地方对我来说都是遥远的）。

　　为什么我会站在那儿？我已经不记得了。似乎还有一间与门相连的昏暗的小屋，一直在我的身后。但那屋里的一切，在我的记忆中已然成了一片模糊不清的雾霭。而那门，之所以始终留在了这一片迷雾之外，不为别的，只因为门外有一片光，似清晨，又似黄昏的一片淡金色的光辉……

　　从这光辉透入门楣的一刻起，我记忆中的门，就再也未能关闭……

阳光下的孩子

对一个三岁的孩子来说，幼儿园实在是一处很可怕的地方——没有四处乱跑、大哭大笑的自由；也没有温暖的、可以撒娇的臂弯和怀抱；四周围，是一张张陌生而又漠然的面孔；好不容易找到了一件可以做伴的玩具，却又会在眨眼之间被那些力气比自己大的孩子从手里抢去。

然而，爸爸却从来不明白我的这些烦恼（正像我也不明白他那时的烦恼一样）。每当我在他的拉扯之下，拼命挣扎，并大声哭闹着要留在家里时，戴着眼镜，平日里文质彬彬的他总是两眼冒火，脖上青筋暴起，与原有的慈父形象判若两人。在这种对抗中，我永远是失败者：倒不是我的脾气倔不过他，只是他的巴掌比幼儿园更让我害怕。

三岁那年一个晴朗的秋日，我因为同样的原因屈服了。

尽管那天早上我闹得比任何一次都更厉害，但爸爸也表现得比任何一次都更坚决。一路上，泪珠不断地从我的腮帮上滚落下来。这是一个小孩子表达心中愤懑与委屈的唯一方法。而爸爸，却显得无动于衷。只是在快到幼儿园门口时，他忽然一转身，走到路边，给我买了一个刚出炉的烧饼。

我就捧着那个烧饼走进了自己的囚笼。热乎乎的烧饼用爸爸的大手帕包着，向外喷发着一股芝麻糖馅的香味儿。这就是我在自己的小小不幸中得到的唯一补偿，可它还没过两分钟就被一双长着肮脏指甲的大手从我嘴边夺走了，说是要等午睡之后才能给我吃。这一次，我倒没有哭闹。事实上，哭闹也是很累人的，而对有些人哭闹，则完全是白费力气。虽然一个三岁孩子不怎么讲道理，不过这一点道理总还是明白的。

于是，我以前所未有的耐心，数着墙上的黑点儿，一点儿一点儿地熬到了吃午饭。午饭之后，原来汤汤水水的餐桌，用一块灰色的布团横扫两下，就变成了我们的床铺。然后，幼儿园的孩子们便开始午睡了。

可是，我却怎么也睡不着。

一只苍蝇像一个古怪的大墨点，在天花板上缓缓移动。睡满孩子的小房间里，竟没有一点儿声音，静得有些骇人。

　　不知怎么，我忽然不再想吃那块烧饼了。回家的渴望又一次占据了我的整个心灵。这时，仿佛幻觉一般，一阵轻轻的脚步声从门缝下传来，那么熟悉，一恍惚间，却又消失了……

　　莫非是妈妈？她来接我回家了？！

　　也顾不上考虑许多——小孩子从不考虑许多——我一骨碌翻下了床，也记不得是不是穿了鞋子，就蹑手蹑脚地走到门口。

　　门虚掩着，轻轻一拉，便打开了。一片绚烂的光亮直逼我的瞳仁。我眯着眼睛，倚着门，好一会儿才适应了门外的光线。那时正是正午时分，一片金色的纯净浸没了幼儿园小小的庭院——没有阴影，没有声音，没有风；只有无边的光明在呼吸，在交织，在流动，如一片透明至极的水波，水过无痕。

　　我一步步走进了这片金色的和熙，完全忘记了自己偷跑出来的目的。我身上只穿着极薄的衣衫，却不觉得冷；那一刻，我的整个身体，包括因为这个身体而存在的感觉、思维、记忆，似乎全都被那包容一切的光辉给溶化了，吸收了。这个世界上再也没有剩下什么，除了一片灿烂的阳光，和阳光下一个小小短短的黑影……

后来发生了什么事，我的记忆中已是一片空白。这也是很幸运的——听妈妈说，当幼儿园的老师发现我在院子里，没有午睡，就将我关进了一间单独的、没有窗户的小屋子：这是对不听话的孩子最严厉的惩罚。我在那小屋里哭了很久，待到被放出来，已是站立不稳，没走两步，就一跤跌倒。后来……

后来，我就再也没能自己站起来。

妈妈每说到这件事，便要不住重复那个日期：十月二十八……十月二十八……她总以为，假若那一天没有让我去幼儿园，便可以避开这桩祸事。然而，如今回头细想来，这一天，和一年中其他的日子也并无什么不同。甚至，就连那一片奇异的阳光，也只是任何一个晴朗午后都会出现的光亮，它之所以始终那么清澈地照耀在我的记忆里，或许，只是因为这片光明的前后都横着一堵无法冲破的黑暗。而这个巧合，却让我得到了一个意外的补偿：许多年之后，当我连走路的感觉都已经不再记得的时候，我却还能够想起自己曾经站在阳光下的那一个瞬间……

　　还有一件事也足以令我安慰：听说，幼儿园的老师们再也没有使用过那间黑屋子。

冬天的童话

翻开爸爸记录的一份我的病情简况时，我发现，有一个三岁半的女孩子，曾经在短短的二十天里，经受了至少两次脊髓穿刺、一次电击检查、一个星期的针灸治疗，她被注射下了一堆激素、青霉素和其他一些奇奇怪怪的药物，在四家医院里转了一遭，得到了两种入院诊断：格林巴氏综合征和横贯性脊髓炎。而这一切，只不过是她此后整整一个冬天住院生涯的开始。

可在我的记忆里，那个冬天，倒很像是一个童话故事。

那些日子，妈妈陪着我，住在一间雪白的小房子里面。阳光总是很准时地透过早晨七八点的窗棂，照在我的玻璃瓶上面。那个玻璃瓶很大，总是亮晶晶的晃动着一些淡青粉红的液体，窗户外面的树叶、天空，映在那瓶药水里，就好像是来自另外一个世界里的景象。妈妈和我一起看着那水滴慢慢地一点一点流下来，这个时候，她总是会讲故事给我听。很奇怪，我已经记不得那些故事的情节了，可我还记得妈妈的声音——她的声音总是很清脆，就像玻璃瓶里往下流的小水滴一样，一跳一跳的。就是这个声音，一遍遍地告诉我，我很快就会好起来的，很快就可以回家，很快就能和别的孩子一样，跑跑跳跳地去街上玩了。

我相信她说的所有故事都是真的，包括我可以好起来的那个故事。其实，能不能跑跑跳跳在我看来，倒并不是很重要的一件事。我只觉得被她抱着，我在哪儿都一样可以玩得很开心。可是，我知道这件事对妈妈来说是很重要的，她每次看着那些穿白大褂的人，给我做身体检查的时候，都会不由自主地蹙起眉头。到了拿着吊瓶、针头的护士阿姨走来时，她就更是紧张到了极点。

那时候，给小孩子打点滴，针头都是插在脚上，因为小孩子的静脉血管细，手上的血管看不清楚。所以我在别的孩子哇哇哭着被扎针的时候，总能很冷静地看着要扎进自己血管里的那根细细的针头，是怎么样喷出一些水花，怎么样插进皮肤下面，又怎么样因为没有扎准，再带着鲜血抽出来的——

因为，我的脚没有感觉，不会疼。但是，我还是会有些心疼，倒不是心疼自己的脚，而是心疼在一边看着我，备受煎熬的妈妈。

关于那段住院生活，还有两幅可爱的景象一直深深印在我的脑海里。一幅景象是妈妈倚在床边，微微笑着，看我大口地吃馄饨——因为我喜欢吃馄饨，她总是用一个搪瓷缸去医院食堂打一份馄饨来，做我和她两个人的午饭，而且每次都让我先吃。还有一幅景象，是她和我一起翻着一本图画书，用手指点着一朵橘黄色的花给我看，告诉我那叫"海葵"——那本书的名字叫作"小虾找朋友"。她是很少给我买礼物的，但那一次，她不但给我买了那本书，还给我买了一个很小的玩具手风琴，因为她要回家去给我不满一岁的弟弟断奶，要把我一个人留下。她再三地向我保证说，她会回来，就好像怕我不相信似的，她还和我用小手指拉了钩。

后来，她究竟走了多久，我已经忘了，只有外婆还记得那些日子，因为是她从宣城赶到南京，替妈妈来陪我的。听她说，我那几天都表现得挺好，不哭不闹，只是有一点：我没完没了地要她给我讲故事，还要听和"海"有关的故事。结果，她只好把一个"哪吒闹海"的故事，翻过来掉过去地给我讲了至少有十几遍。

可外婆不知道的是，就在那些日子中的某一个晚上，我忽然醒了。

一片黑暗……我能听见外婆的打鼾声，可是，却看不见她在哪儿。只有一扇泛青色的窗户，像悬浮在虚空里的一扇门，显现在我的眼前。不知为什么，我很想把眼睛再闭上，可就是闭不起来。仿佛有一个很短的瞬间，我觉得自己看见了一点金色的光亮，从我眼前的窗口滑了过去。那是一个人举着手电筒，还是一颗流星？我来不及去看清，可我却有了一种奇怪的感觉，那是妈妈，她正在向我走近……

后来，我又睡了过去。等我再醒来时，自然并没有看到妈妈出现。可是，从那以后，我只要一想起她，她就好像是在我身边——或者，是在一面墙的隔壁，或者，是在一扇窗外站着，总之，是离我很近很近。我甚至对那些往我脚上扎针管的护士阿姨说："你们不要让我流血，妈妈看到，会难过的。"她们就诧异地对我抬起头来，脸红红的。然而，我却是一脸的严肃，因为我相信妈妈正在病床旁边，一如既往地望着我……

现在想想，我该是从那时开始，就学会了生活在幻觉里面。一个幻觉，如果你明知道它不是现实，却仍然愿意相信，这就是童话。我是多么幸福，因为我从没有因为做梦做得太多而被责罚过；相反，我身边每个人，包括那些后来再也没让我的脚流过血的护士阿姨，都在很小心地保护着我，让我的幻觉不至于破灭。她们的眼神仿佛在说：这个小孩已经什么都没有了，不要再夺走她最后一点愿望吧。结果，我就拥有了这个世界上最大的自由——梦想的自由。

当那个冬天接近了尾声，妈妈终于来医院里接我了。她说的故事并没有变成真的，我没有跑着、跳着回到家里，在家里等着我的，还是那些药剂和针头。我一生中第一个童话就这样结束了。可我来不及做一丝丝的反省，因为紧接着，又有无数个新的幻象，来到了我的眼前。我又开始做起梦来，这一梦，就是又一年过去了。

窗

一间昏暗的小房间。

每天下午，一线窄窄的阳光，从一扇低低的、装着褐色木框的小窗口，缓缓地探出头来，小心翼翼地触到地面，然后，渐渐地变宽了一点，又一点……还未到我的床沿，这点光亮便又从窗前的地面上消失了。

那窗外什么也看不见，只有一堵砖墙。墙上的水泥早已脱落，一块块红褐色的砖，交错着，像风化的岩石一样叠在一起。一棵细弱的葡萄藤，也不知是从什么时候，就沿着那些砖石的缝隙，爬上了那堵墙。

四岁时的我，不得不在这个窗口边度过整整一夏。因为爸爸和妈妈都要上班，奶奶搬去了大伯家，弟弟被外婆带去了山东。一转眼，我家那本来不大的小屋，竟变得如火车开远后的车站般空旷，连一个人影也没有了。整个夏日的午后，当我独自一个人待在家里，我唯一可做的事情，就是望着这扇小窗户，和那几片绿色的葡萄叶子。

有阳光的日子，毕竟不是很难熬的，即使大多数时候，这光亮只是在我的窗外，可那几片绿叶投在红墙上的影子，却要比任何一本描着复杂图画的故事书，更有趣得多。因为，它们是会动的。没有风，也总有一些小虫，或飞，或爬，经过那里，于是葡萄叶片就微微颤动一下，好像很喜欢这些过客似的，向它们挥挥手，打招呼。随着太阳的移动，墙头的影子也一起移动；砖和叶的颜色也在渐渐变化，从金黄色的水彩里，一点点淡出去、淡出去，紫色、灰蓝、银灰……最后所有的光色都被滤过，窗外的一切，恰如铅笔素描一般地安静。这时，傍晚已经来临了。

偶尔，遇上雨天，就是另一种有趣的景象。我记得有一个下午，忽然间，窗内窗外阴沉得就像夜晚六七点钟的时候。一道雪白的闪光之后，就有些凉凉的水滴，溅落在我的手背上，因为我的手就放在窗台上。等我费了半天劲，把窗户上的插销拉紧了的时候，雨，却已经停了。我一抬头，只见所有的印在红砖上的水痕，就和那些古代手卷上的泼墨山水一样好看。最奇妙的，是一只被打湿了翅膀的鸟儿，全身灰色，竟掠过了我的窗台，落在那棵葡萄藤边，只一瞬间，又不见了。可我知道它还在，因为我可以隐约听到窗户上空回荡的鸟鸣，它一定就站在高墙的某处，而且逗留了很长时间。直到今天，我仿佛还常常听见那个隔着窗玻璃传来的，一声比一声欢快清脆的歌鸣……

我就这样，每天看着那扇窗户，却从没有因为看不到围墙外面的那个世界而感到遗憾。实际上，那堵墙的后面是一个纺纱厂，机器的轰鸣几乎整天不断，可在我的窗前，因为隔着一段距离和一堵墙壁，这声音已经减弱得和海潮音差不多了。有时候，我半夜醒来，听不见那个隆隆的低吼声，倒反而觉得有些孤寂。不过，我也常常会想，要是那围墙后面，不是一个装满了机器的工厂，而是一个住着人的地方，或者，是一个栖息着无数鸟儿的世界，会是什么样？又会有怎样的声音传来呢？

后来，我的窗口就变大了，木制的窗框变成了铁制的，铁制的窗框又变成了铝合金的，白云、楼房、树木、人群，一个接一个地涌进来……

可我却觉得，世界，反而显得比在那扇窗前时更小了。我用眼睛望着窗口，心，却总是在望着另一个地方。这时，我就知道，它已经飞出了窗子，再也不可能飞回。

外婆的花园

那似乎是初夏的一个傍晚。

几束阳光斜斜地落在小院里，那是一小块堆满了花盆和绿色植物的地方，有些湿润的空气中，弥漫着一股无名的清香。我就被放在这些花草的中间，那些巨人手掌般的叶片和缀满了细小花朵的枝条，都匍匐在我脚下，仿佛是一群最温顺的臣民。但，它们真正的主人并不是我，而是坐在我身边织毛线袜子的外婆。在我的记忆中，胖胖的外婆和她栽种的许多花草一样，也总是向外散发着一种清淡的，混合着泥土香味的气息。然而，花草毕竟没有外婆好，即使是那些最漂亮的蝴蝶花，也不能像外婆那样，一边编织袜子，一边给我讲神话故事。只是，外婆的故事大都是没有结尾的，那一天，我也没能听到故事的结尾，因为外婆要回家做晚饭了。

那似乎只是短短的几分钟，我独自坐在了外婆小小的花园里，一切都是那么静，最后一丝阳光已经躲藏进了院落的深处，从砖墙碎裂的一角，斜斜地露出一块蓝玻璃似的天空……忽然的，我感到有些伤心，并没有什么理由，只是一个小孩子无事可做时，常常会有的那种莫名的伤感。这时，仿佛是为了给我一点安慰，一缕晚风，带着微微的凉意，吹拂过来——一瞬间，所有那些蓝色、白色和紫红色的花朵，都在淡绿的花茎上轻轻摆动起来，似乎刚刚的沉默只是一种伪装，而它们从来就是这个世界上最活泼最善动的生命。甚至，就连那些肥厚的观叶植物，也随着花儿们的舞蹈节拍，发出了沙沙的乐音。那一刻，我确信自己听见了它们的笑声。

我微微地移动了一下，想要离那些花朵更近一些，至少，近到可以触摸一下那些最轻盈的花瓣。是的，只要触摸一下，我就可以知道它们为什么那么快乐了。可是，我的手指只是徒劳地在空气中划动了一下——虽然那朵小小的蝴蝶花，只离我不到一步远。

那一刻，我第一次对自己的身体产生了一种厌恶的情绪，是的，如果没有它的束缚，我是完全可以去做那些自己喜欢的事情的。可是现在，我却只能待在那张藤编的小椅子上，等待外婆的出现，等待她为我安排好一切。我知道，外婆是一定会为我摘来那朵小小的蝴蝶花的，可是，那样一来，得到那朵花儿对我还有什么意义呢？

我并没有沮丧多久，因为，我很快就想出了一个好主意。至少，我认为那是一个好主意。

事实上，当我开始用手扶着墙，向花盆边移动那张小椅子时，一切还都挺顺利的，问题在于，那个小院的地面并不像我想象的那般平坦……

至今，我仍然不能确定，我是否触摸到了那一片紫色的花瓣，尽管许多年之后，我还常常在梦中见到自己在那个小院里，那些栖息在绿叶丛中的花朵就像一只只眼睛似的注视着我，而我，就在它们的目光中，慢慢地，慢慢地站了起来……

而在现实中的那个夏天，我却因为骨折，被外婆送进了医院。那是我五岁时第一次骨折，在此后的两年中，我骨折了八次。医生的解释是："病理性骨质疏松。"还记得，在一九八四年，我的两条腿从膝下三分之一的地方，一起折断，那位替我接骨的大夫曾半开玩笑地对我的妈妈建议：

"还是锯掉吧，省得以后再麻烦。"

而妈妈，却极认真，极坚决地回答道：

"不，至少她现在还是一个完整的人。"

是的，只因为有了妈妈的这一句话，我现在仍然还是一个完整的人。并且，我也终于明白了，那些花儿为什么欢笑——因为在外婆的花园里，每一个生命，包括我在内，都是完整的。

秘密的世界

在弟弟上小学之前，有一个世界，是只属于我和他两个人的。

那时候，我们唯一的游戏场所，就是爸爸妈妈睡的那张大床，有时，几乎整个白天，我们都待在那张床上，因为也没有什么别的地方，可以让两个孩子不用下地就头碰头地挨在一起玩游戏。

弟弟是个很特别的孩子，他在外人面前总是极度沉默，而一个人坐在马桶上的时候，却常常会喃喃自语。爸爸说，他睡觉的时候，弟弟也不许他摘下眼镜，只要摘掉就会惹得他大哭，说是"找不到爸爸了"。幼儿园的老师说，他不会和别的小朋友在一起玩，反而总是一个人蹲在地上看蚂蚁，还在裤子口袋里塞了满满一把"豌豆虫"。外婆说，带他到山东去走亲戚，他居然去吃人家煮在大锅里的猪糠，还和两头猪——大白和二白在一起玩滑梯，弄得一身猪粪。

可是，谁也不知道，弟弟在另一个世界里的时候，是个什么样子。这个世界就在我们的那张大床上。

那张床，铺着方格子床单的时候，就是摇晃着麦穗和玉米的田野；铺着凉席的时候，就是一片可以策马奔驰的草原。在这个谁也没见过的世界里，我和他是两个神一样的人物，我们可以随时叫房子飞起来，到自己想去的任何地方，或者创造一些别人永远想象不出的生命。我们给自己的手起名字，让它们来做这个世界的小兵，完成我们的所有命令。我们用纸做的弓箭变成了战无不胜的武器，一把碎饼干屑也可以变出一桌华丽铺张的宴席。

在夏天，我们经常造船，把家里所有搬得动的家具——竹床、板凳、小椅子……全部拖到大床边，高高低低地排好队，船舷、甲板齐备了，就再从门背后拿几根撑蚊帐用的竹竿做桅杆。然后，我任命他做船长，我自己做船上随行的一群动物——鸭子、小熊、小绒猴……我们就结伴去七个大洋航行，掠夺所有海盗的宝藏。

一转眼，冬天到了，妈妈刚刚拿出新被子的时候，我们就在被子底下开挖地洞，他做老鼠我做猫。每次老鼠一伸脚就会被捉住，捉到最后他来了气，反过来一把抓着我的手，说什么也不放，还非要我学小猫叫。那个冬天，我硬是把猫叫给学得惟妙惟肖，弄得邻居家的孩子常常好奇地往我们屋里望，一心想弄明白那只猫儿躲在哪里。

　　那些日子，我最希望幼儿园里来检查团，因为那就是弟弟的假日。老师们不想让人家发现自己的幼儿园里有个这样的"特殊儿童"，所以总是在检查的前一天和爸爸妈妈打招呼，叫他们明天不要送孩子来上学。可后来，情况却发生了戏剧性的突变：由于某天检查团来了个突击随访，弟弟躲闪不及，就被捉去回答问题，结果，他竟然全部对答如流，还给我带回来了一口袋饼干的奖品。从此，弟弟的假日就结束了，他和我在一起的时间，也就越来越少了。

　　有一天，他忽然跑到我床边，嘟着嘴咕哝了一句："我不想去。"我立刻明白了，他是不想去幼儿园。"那就躲一躲呗。"他没再说什么，很熟练地一头钻进了大床上的棉被里，我就靠在拱起的被头上，假装在转魔方。妈妈走进来，问："翔翔在哪儿？"我就眨眨眼睛，好像玩得太入迷，没听清楚她在说什么。妈妈把屋子里看过一圈，也没找到弟弟，就出去了。这时，我旁边的棉被开始动了起来，我拿手轻轻拍他一下，说："别动，她没走远呢。"于是，棉被又老实了，我继续靠着他转魔方。那天上午，晴朗的碧空格外灿烂，洒着阳光的门外，回荡着妈妈的喊声："翔翔！"是的，她还是会把弟弟找到的。可在此之前，整个世界上，就只有我一个人知道，他在什么地方。

小巷

　　小巷并不很深，从我家楼下往外走，大约走个七八步，就到了巷口。这段路没有什么很特别的地方，路两边是灰灰的墙，墙上水泥剥落的地方留下了几块奇形怪状的印痕，路面也像我家附近的大多数道路一样，坑洼不平。每次，出门或是回家，我可以看见那条小巷的时间也不过就是几秒钟。

　　可人生中，有时，几秒钟就要比数十年还要长久。

　　最初对那条路留下印象，是因为一个雨天。那个周末，我本来已经对外出不抱什么希望了，可下了一天一夜的雨却在午后停了下来。于是，爸爸还是推我出去转了一小圈。回来的时候，我的童车在泥泞的路面上磕了一下，我低下头，只见一个积满夜雨的水洼中，赫然映照着一片明亮的云霞。

　　我就是从那一刻开始，喜欢上了画画，其实，我只想用画笔记录下那片天空的颜色而已。虽然，我发现那几乎是不可能做到的，可我还是用彩色铅笔涂啊、涂啊，并且梦想着，有一天，要用我的画儿贴满那小巷的灰墙，让所有从那里经过的人，都能看到我曾看到过的奇妙景象。

再次经过那条巷口，却是一个阳光明亮得耀眼的晴天，那天是妈妈要带我和弟弟去买东西。大约是忘了点什么，她和弟弟走到楼下，又折回家去，只留下我在那条小巷中间，坐在童车里望着半块被阳光照亮的碎砖头出神。这时，一群小孩，背着跨肩的书包，正从巷口经过。不知为什么，他们就在那儿停了下来，隔着几步之遥的距离看着我。我微笑了一下，因为这些孩子的年纪看起来和我差不多，他们的书包也和我衣裳的颜色很接近。可他们却忽然爆发出一阵奇怪的笑声，然后就一起大声唱着一支歌儿跑开了。那支歌清楚地在我耳边回荡了很久，我记得其中有三个字让我觉得很好笑——"小瘸子"。那几个孩子可能永远也不会知道，当时我真希望他们歌里唱的就是我，可我明白那个"小瘸子"并不是我，我根本就不瘸，我是两条腿都不能动，医生管那叫作：高位截瘫。

那以后，我每次经过小巷，天气都很不错，只是阳光再也没有那么耀眼了，路边的水坑里，也再没有出现过明亮的云彩。我还是时常用彩色铅笔在纸上涂啊、涂啊，只是不再想把自己的画儿贴在小巷的墙上。我又有了一个新的梦想，我希望可以把自己的画儿都折成纸飞机，让它们从巷口飞出去，飞得很远很远。这样，也许很多年以后，有一个人，就能捡到这样一张画纸，然后就会在一瞬间，模模糊糊想起，自己曾经路过的某一条寻常的灰色小巷。

焰火

那是某一年的国庆节，一个和平常没什么不同的日子。可是到了晚上，就不太一样了，因为我们要去看焰火。

我极少得到这样的惊喜：在晚上不用睡觉，还可以出去玩。那一夜，也真像个奇迹似的：所有的楼房上都亮着彩色的光芒；那么多的灯，那么多的人；空气里，隐隐约约，还有一丝糖炒栗子的味道。

我们是怎么从一堆堆的人群里挤过去的呢？又是怎么在那个原本不大的学校操场上，占到了一个中心位置的呢？我竟然全给忘了。只记得，当我们终于安顿下来的时候，焰火还没有出现，倒是爸爸和妈妈遇上了一些熟人，就站在操场中央，一边扶着我的童车，一边和他们闲聊。

我装作没有发现他们在说我的病情。我手里攥着一个小手电筒，却没有拧亮，因为模模糊糊的黑暗让我感觉很安全。在黑黢黢的夜空下，凉凉的夜风吹着我身旁的树，我好像听见了蟋蟀的鸣叫……

然后，这一切，忽然就消失了——至少我以为是如此。我的眼前，亮起了世界上最绚烂的一道光，它像花朵一样绽开，那金红色的花瓣，遮盖住了黑夜，也遮盖住了黑夜中一双双惊讶的眼睛。有一刹那，我觉得，时间已然静止，因为那些花瓣间撒下的亮晶晶的火星，都一动不动地挂在半空，好像永远也不会往下落了。

但，终究还是落幕了——那光芒，我以为是永恒的光芒。我猝不及防地掉进了一个巨大的黑洞里。一阵能震裂魂魄的巨响，轰然坠落，仿佛那些高高的楼、高高的树，都倒下了，压在了我的耳膜上。我完全呆住，竟不晓得要用手去捂着耳朵。

这时，我感到自己的耳边微热了一下，有谁将双手盖在了上面，那该是妈妈的手吧。我却把头扭开了，我也不知道是为什么。也许是想在人群里表现得勇敢一些，也许只是一个小孩子的私心，她想要一个人去领受一切——不管是天上的光，还是天上的轰响，都是这个夜里，只属于她一个人的。

又一道光升起来了，我的心脏嘭嘭地狂跳着，像是要跳出我的身体一样。紧接下来，无数的光，一道连一道地闪亮着；无数的爆炸声，一波压一波地争鸣着……在我的童车被焰火映照得金红碧绿的一刻，我瞥了一眼身边的人：他们都在呆呆地望着天空，是的，至少，此时此刻，没有人会注意我。我的心忽然变得很平静，甚至有点高兴——那是我第一次发现了自己想要的生活，原来，我最希望做的只是一个隐形人，静静坐在黑暗的一角，看所有的光明喧闹着从我眼前经过，而我，始终可以如同一棵树一样地沉默。

这份心满意足的感觉，本可以持续一整夜，可是，就在这时，那个小小的手电筒忽然亮了起来：一道光束从我的手里升起，直射向夜的黑幕，猛一看，竟像是从天上落下来的一线金黄。我吓了一大跳，不知为什么，就像做了什么亏心事一样，赶紧把那个手电筒关起来，塞进了盖在脚上的被子里。其实，除了妈妈向我这边看了一眼，并没有第二个人注意到我在做些什么，如果，我愿意的话，我完全可以让那线金色的光继续亮着，可是，让我至今后悔的是，自己再没鼓起勇气把手电筒拧开第二次。

后来，在电视上，在画册里，我几乎总能在不经意间看到焰火划过的痕迹。可每当我望着那些粉红、淡绿、微蓝的停留在黑夜中的花朵，还有那些绚烂的名字：火树银花、万紫千红、空中瀑布……却总觉得它们是另一种东西，甚至，在十多年后回想起来，我仍然觉得，那一线手电筒的光亮，要比所有的焰火更像是一道焰火。然而，它没有留下任何的痕迹，除了我，连妈妈也没看到那闪亮的一瞬间……如今，不论是在幻想还是在现实里，我仍然喜欢躲在黑暗里注视光明的感觉，只因为喜欢这感觉，我一次又一次地在自己被别人注视和关心的时候，保持着沉默。再过十余年，我又会不会因为再也找不到这些时间和这些人留下的一丝丝痕迹，而感觉到后悔呢？

那一夜，在离开那个小操场之前，我抬起头，最后一次看了看天。深墨色的夜空，在一片楼宇环绕起的漏斗里流动着，几抹灰蒙蒙的云飘过，恰如焰火坠落后留下的几缕轻烟。

"只要好好活下去，总能看到更漂亮的焰火的。"妈妈这样说道。

我点点头。回家后，我就把手电筒送给了弟弟。此后的十余年，我再没有在深夜出过门，除了去医院的时候。我儿时唯一的焰火，就这样悄无声息地，坠落在了一个小操场的中央。

杨树小院

还记得那一年，整个冬天没有下雪。除夕夜也没有放烟火。年初一过得平静极了，没想到，年初二，却忽然接到大姑妈的邀请，要我们全家去她那里吃晚饭。

那是一段很长的路程，当爸爸用那辆旧童车推着我，终于走到江堤畔的姑妈家附近时，冬日的夕阳已经沉入了江水之中。不过，天色还算明亮，我还可以看见走在不远处的妈妈和弟弟。江上的水天，是纯净成一色的白，只在靠近堤岸的地方，透出一些苔藓似的青绿。空阔的江面上，没有如明信片上画的那样，出现巨大的船帆或绮丽的霞光，却有几只小小的渡船泊在清冷的江风里。其中一只船上，还随风摇晃着一盏没有点燃的红灯笼。可是，那个小小的红点，很快就消失在了一堵厚厚的墙壁后面，因为爸爸已经推着我拐进了一条小弄堂。我正为那些碎砖旧瓦堆砌成的阴暗通道而感觉呼吸困难，忽然间，一片杨树，就顶着一方淡青色的天空，出现在我的面前。

究竟是谁将那六七棵杨树种在了这窄小的院落里呢？没人知道。住在院子里的几户人家大概早已习惯了这些树木的存在，当爸爸和我从这些光秃秃的小树之间穿过时，只有一个孩子站在树下，用那白底黑纹的树皮试他削笔的小刀。

我仰起头，望着笔直地指向天空的树枝，那上面还挂着几片干枯的叶子，我似乎看到了它们青青翠翠摇曳在夏风里的模样。就在这时，一串清亮的笑声从树后传来，紧接着，几个穿着彩色衣裳的女孩子就跳到了我的面前。

那是我的几个表姐，我很少见到她们，可每次见面，她们都会让我很惊讶——我的亮表姐个头又长高了，那么冷的天，她居然只穿一件及膝风衣，露出长长的双腿，还有脚上漂亮的棕色皮靴；我的祯表姐一身男孩子似的运动装打扮，戴着一双无指手套，她那结实的手握着我的手，就像小火炉一样热乎乎的；还有洁表姐，她的辫子那么长，总是随着她说话的声音左右摇摆，可居然一根发丝都不乱，啊，我那时真想去摸摸那根黑辫子……她们围着我，一边开心地笑个不停，一边讨论着照相的事情。

"今天大伯把相机带来了。"祯表姐说。

"待会儿我一定和你照一张合影。"洁表姐说。

亮表姐用双手抱了一下身边的杨树："就在这儿照，怎么样？"

我低下头，看看盖着自己两条腿的棉被，又抬起头，害羞地望着像杨树一般亭亭玉立的表姐们，还没想好开口和她们说什么，就见堂哥冬冬推着一辆自行车走了过来。

"你不是说要学骑车吗？"他冲亮表姐喊道，"我们现在就去吧，不然天都黑了。"

亮表姐快活地拍了一下手，就跑了过去，风衣随着她的脚步飘了起来。然后，一转眼间，我的几个表姐就全都和那辆自行车一起，消失在了小院的围墙外。

我独自坐在了杨树底下。爸爸妈妈早带着弟弟去屋里和大姑妈寒暄了，他们以为表姐们会和我在一起，所以很放心。而我，却也很高兴有了这么一刻，能够暂时被所有的人忘记，就像那些杨树一样。微微暗下来的天色，使那些树干更显得白皙，整个院子里，静悄悄地，没有一丝风。我望着离自己最近的一棵树，忍不住伸手摸了摸那细砂纸似的树皮，结果，却惊讶地发现，它竟然比我的手还要暖。于是，我就这样把手贴在树上，一动不动，仿佛自己也变成了一棵树。不远处，小院里的窗户一扇接着一扇，亮起了灯……

表姐们回来的时候，天已经全黑了。她们错过了照相的时间，却还是嘻嘻哈哈，一点也不在乎。于是，大人们在大屋里喝酒，我们几个小孩就在里屋陪奶奶吃饭。这顿饭吃了很久。最后，夜渐深了，大家终于一个个站起身来，互相道别，陆陆续续地走向院子里。这时，只听见隔壁家的孩子正在叫嚷着什么。我顺着那闹哄哄的声音，转头一望，只见那一片杨树，正被金色的烟花照得通亮……

许多年过去了，我的相册里还是没有留下一张和表姐们的合影。事实上，我整个童年都没有留下几张可供追忆的照片。对此我倒并不觉得有多遗憾，可是，那一天没有被照入相片里的杨树，却就这样从这世间消失了——那个小院已不存在，就连那条江畔的道路，也再不是从前的模样。只是偶尔在深夜的梦境里，我还能清楚地看见，那无边的黑暗中忽然闪现的光芒，和一排长长的、静默的金色树影。

人在阳台

十岁之前，我的家是在一幢旧式的三层矮楼上。楼上的阳台，从杨家爷爷的房门口，一直通到王家阿姨的窗户下，实际上，就是一条公共走廊。并且，那时的水龙头都安在屋外的墙上，住在底楼的，就在窄小的院子里洗菜做饭；而像我家这样住在楼上的，阳台就是大家合用的厨房了。之所以还称它为阳台，是因为每天上午八九点钟的时候，总还有几片阳光能越过包围着我们的其他建筑物，落在那些锈迹斑斑的铁栏杆上、裸露着红砖的水泥墙上，还有那些晾晒着方格子床单的黄竹竿上。

那个时候，我常常坐在那样一片小小的阳光底下，盯着不远处一座古老城堡似的灰房子出神。那房子的左侧隐没在一棵大树的密荫里，右侧则被另一所砖房子的墙壁给挡住了，只中间凹下去的一块很清楚地露在外面。那也是一个阳台；

很小，却很奇妙的一个阳台。阳台的围栏，以及围栏下面的砖壁上，有许多黑洞洞的裂缝，一群群的麻雀，就魔术般地从那裂缝中钻出，叽喳着飞向天空。在我的记忆里，总是有两个小孩子和那阳台，还有那些麻雀同时出现。我看不清他们的模样，只知道，那个头高一点的是男孩，他喜欢拿一些纸片来玩，最后，又总是把它们撕碎了，从阳台上扔下去；另一个扎着两根羊角辫的小不点儿好像是他的妹妹，她时常在男孩背后做出一些很夸张的动作，但却从来没有被男孩发现。有时候，他们俩也会朝我这边张望，然而也仅仅是张望——就如同一幢房子，一言不发地看着另一幢房子，而时间，就像一只找食吃的麻雀，从两幢房子的阳台边，一掠而过……

今天，我发现自己曾坐在一个世界与另一个世界的交界处；我开始相信那片树荫，那些麻雀，还有那幢古老的房屋都曾用它们自己的语言向我诉说过，那个世界最深处隐藏着的奥秘；我明白了那两个孩子撒下碎纸片，做出种种奇怪的动作，都只是为了吸引我的注意，正像我把自己所有的玩具都带到阳台上摆弄，是期望他们会好奇地多望上一眼。但，自始至终，谁也没有越过那一道界线——那一段很短的距离。我给自己找到的唯一借口是我不能动的双腿，而那兄妹俩，当他们倚在小小阳台的栏杆边，静静看着我的时候，又在想些什么呢？我是永远也不可能知道了。

　　然而，仰望着此刻的阳台边，那一座座鳞次栉比的高楼，和楼宇间露出的，窄窄一片天空；我总觉得，那两个孩子就在不远处，正悄悄地向我这里张望……

蜕

我从没有想到，我会悄悄地哭。

在所有的房间被搬空的一刻，我只是望了一眼，那扇本来立在我床头的窗户，那是不可能被搬走的某些东西中的一件。然后，弟弟忽然跳起来，从墙角露出的一堆灰尘中间，捡起一只石头做的小乌龟，他用旧报纸擦了擦它，那黑色的龟壳就在空荡荡的四面灰墙的衬托下，闪闪发亮。

"我找了它好长时间，原来在这儿。"他很得意，因为这只乌龟是他在这次搬家时找到的第二件曾经"失踪"的宝贝。另一件宝贝是一只陶瓷做的小青蛙，已经缺了一条腿。

爸爸妈妈带着我，弟弟带着他的乌龟和青蛙，一起登上了那辆装满了家具和箱子的大卡车的后背。但卡车并没有立刻开走，因为车边还围了一群人，大都是住在我家隔壁的邻居。

杨家奶奶用颤巍巍的手，递给我和弟弟一人一只金灿灿的橘子软糖。我记不清她当时对我都说了些什么，因为就在这时，随着两声喇叭的鸣叫，和一阵轻微的震动，我身边的这个世界开始向后退去。整条街道就如同一卷正在变长的电影胶片，所有的人在画面上一格一格地缩小，最后，定格在了一片深绿色的树叶后面，因为那个时候，我闭上了眼睛。

一路上，我都没怎么说话。到了新家，我被搁在一个不会妨碍大人们搬家具，又可以看到窗口和门口的地方。接下来，我就眼睁睁地看着一个奇怪而陌生的空间，是怎么被许多我认识和不认识的箱子、柜子、桌子、椅子，给填了个满满当当；而它们又是怎么移过来、挪过去，最终找到了自己那个合适的位置。到了晚上七点多钟，妈妈在我的床上铺起被单，罩上蚊帐，家，才算是真正搬好了。

直到青白色的日光灯亮起，我才明白过来，这确实已经不是原来的那个世界——有些东西，再不会第二次出现在我面前；或者，更确切地说，我再也没有理由叫它们回到自己面前了。我在青白色的光线里，努力回想着老屋里那盏昏黄的钨丝灯，还有被那灯光照射过的一切。然而，今天、明天，还有以后的无数日子，这些画面都会像那条越变越长的道路一样，离我渐渐远去，而我，是不可能叫它们定格在某一秒钟的。虽然我当时还并不曾意识到这些，但我的心却第一次感到了刺痛。并第一次感到害怕，怕自己会把过去的一切忘记。

那天晚上，我抱着那只从老屋带来的旧枕头，悄无声息地哭了一会儿。它没有把我的眼泪保留很久。就这样，我又安心地靠着半干的枕头，就像一条蚕儿，靠着自己刚刚蜕去的旧壳，睡了。

蜻蜓草坪

　　我很少去公园，只有天气特别好而爸爸妈妈心情也都很好的时候，才会偶尔在周末时去一次。在我记忆里的那个公园的大门口，始终有一片很宽敞的草坪。

　　五、六月间的草坪是最可爱的，总是在阳光下向外弥散着一片带泥土和雨水气味的清凉。常常有一些恋爱中的男女在那里，或坐或卧，享受着手拉手儿、什么也不做的乐趣；也常常有一些小孩子，举着小小的捕虫网，一边奔跑，一边用不太灵活的手法向空中左扑右扑，想捉住那些飞舞在草坪上的蜻蜓。

　　每次去公园，路过那草坪的时候，我总情不自禁地回头去望——那片毛茸茸的绿色，对我来说，确实比彩色的游乐园更有吸引力。我不止一次地想象，用手指去摸抚那些草尖的感觉。我尤其羡慕那些躺在草坪上的女孩——她们一伸手就可以碰到草叶上的露珠，一抬头就可以看到一只只蜻蜓划过天空和流云，她们就像睡在一片巨大绿叶上的小瓢虫，那么安稳、自得，嘴里还常常叼着一袋软包装的草莓汽水。

不过，实际上，我一直没有什么机会仔细地去看一看那片青草，因为爸爸走路的步子是很快的，每次推着我的童车经过那片草坪的时间也就只有几秒钟而已。我知道如果我叫一声，他会停下来的，可我却始终没有叫出声，只是安静地待在自己的童车上，带着一种做梦似的心情，和那片草坪一次又一次擦肩而过。

那似乎也是五月里的某一天，我就这样安静地继续做着我的梦，经过了那片草坪。可是，忽然间，爸爸停下了步子。我惊愕地看着他从衣袋里抽出了一块塑料布，抖开，这时，妈妈走了上来，拉着塑料布的一角，两人一起把它铺平坦，然后，我就被抱到了那片绿草坪上，或者，更准确地说，被抱到了那块塑料布上。

我几乎有些不敢相信，我的梦想就这样在一瞬间变成了现实。整个大地，一下子成了我身下的坐骑，它的每一根草茎我都能看得清清楚楚。那些从草茎上伸出的尖的、扁的、圆的、心形的叶片，那些白色、黄色如糖炒米一样散落在草地上的小野花，那些在泥土的缝隙里忙忙碌碌、爬来爬去的小虫子……这一切都和我想象中的一样，这一切又是那么不一样。我多希望我在那一刻就已经能说出所有小草的名字：细叶麦冬、鸭拓草、紫花苜蓿、蒲公英、白芷草、地衣……可惜，那时的我，唯一能叫上名字的植物，只是"狗尾巴草"。

我仰起头，在一片蜜橘色的阳光下感觉有些眩晕，其实这片阳光和照在我童车上的阳光并没有什么不同，但是，如今它是将我和我的草坪连在一起的光明了——它照耀着我的同时，也照耀着我身边的每一片草叶，还照耀着那些在草坪上跑来跑去的孩子，那些懒散地躺在草坪上的恋人，还有那些蜻蜓。

那些蜻蜓也许是草坪上最奇妙的生灵了，它们几乎从没有在草坪上停留过，却又时时刻刻是停留在草坪上的。它们就悬在我的头顶，微微透明的翅膀，像白天的星星一样在天空闪闪发亮，但没有任何星星能够像它们那样自由，可以像它们那样，在你的眼前忽然消失，又忽然出现，忽近，忽远；在你不经意的某一秒钟，用翅尖轻轻擦过你的肩膀，让你惊叫一声，既意外，又欢喜……

如果，不是弟弟在这时候跑过来，我想我的这个梦就是完美无缺的了。他是来给我看自己刚刚捉住的一只大蜻蜓，那是一只草绿色的蜻蜓，背脊上有些淡淡的金黄色。

"看，它还是活的！"他兴奋地说。与此同时，那蜻蜓用两只奇大无比的眼睛望着我。是的，我确信它是在望着我，因为它和我离得是那么近，几乎就在我的鼻尖下面。我可以清楚地看见它翅膀上的花纹，恰似一片最轻盈的树叶上的叶脉，一丝丝地闪着光，向它的身体之外延伸出去，伸向草坪，伸向天空……这时，它忽地颤抖了一下，一片翅膀从它身体边缘脱落下来。

"啊，标本坏掉了！"弟弟懊恼地叫了一声，然后就丢下手里的蜻蜓，又去追逐那些还在空中飞舞的完美标本去了。

我继续在草坪上晒太阳，在我的身边躺着一只再也飞不上天空的蜻蜓。它躺在我的塑料布上，和我一样安静，就像是准备好了随时去接受别人的摆布。过了一会儿，我拔下一片有点宽的草叶，小心翼翼地托住它，把它挪动到塑料布的外面离我更远一些的地方。我并不是嫌弃它，我只是想，它可能会很高兴离开那块塑料布，至少，在青草上，还留有它熟悉的味道，又或许，它的同伴会趁着没人注意，飞到它旁边，安慰它一下？

我不知道那只蜻蜓最终的命运，因为那天的太阳没落，我就和爸爸妈妈还有弟弟一起回家了。我以为，过些时候，我还可以去看看那片绿色，即使那只蜻蜓不在了，还有无数的蜻蜓会在草坪上继续飞舞，总有些东西是不会消失的，我就和所有在草坪上栖息的小虫一样，安心地想着。

　　可再过了数十天，我又有机会去那个公园的时候，却看到一个写着"正在施工"的牌子竖立在门口。我向公园里张望，那里已经没有一株绿草，也不再有一只蜻蜓。

玫瑰之贻

　　我盼望着每一次的六一儿童节，只是因为那天可能会得到一件不算礼物的礼物，比如爸爸的单位发给职工子女的一只铅笔盒，或者是妈妈的工会慰问"特殊对象"的一本故事书。那时，我所能想到的最浪漫的事，也就是在过节的时候，收到一张写着"祝你节日快乐"的明信片了。那多半是邻家的女孩子们直接送到我手里来的，这样就省下了四分钱的邮票钱。

　　记得那年又是"六一"，因为学校有演出活动，女孩子们全都忙了起来，好像所有的人忘记了送卡片的事情，而我，却在这时意外地收到了一束花。

　　那是一束在六月的清晨从郊外的苗圃里采摘下的玫瑰花蕾，有人小心地把它们包在一片深绿的芭蕉树叶里，花瓣上挂满了水珠，似乎是一场夜雨留下的痕迹。六朵花，每一朵的颜色都不相同，有深红、浅红、粉白、鹅黄……还有一朵浅黄色镶红边的。当爸爸拿着这些花走过来对我说"你想把这个放在哪儿"的时候，我还有点没睡醒的感觉。可忽然间，我的心跳就加快了；我的眼睛完全被那些色彩灌满了、挪不开了；等完全醒来的时候我已经知道，这一天绝不会是很无趣地就打发掉了，因为我有了属于自己的玫瑰花！

几分钟之后，那些花被装进了一只喝水用的大玻璃杯里，放在了我的床头桌上，起初它们有些没精打采地耷拉着头，好像很不习惯待在一个看不到天空的地方。可是，不久，冰凉的水就让它们又振作起来，微微仰起了一副柔弱的面孔。如果没有一整天看着一瓶花的耐心，你就永远不会知道，看花儿在水杯里开放是一件多奇妙的事情：它们就像一只只刚睡醒了的小鸟，先是用警惕的姿态对着你望过来，过了很久很久，终于，它们确定面对着你是安全的，就在一瞬间，展开了身上的羽毛……直到这一刻我还能感觉到，自己的手指从一片深红色花瓣上滑过时，那种微微的天鹅绒似的颤动；还有从那不经意的呼吸间飘过的，一丝带甜味的柔香。我几乎是带着一种敬畏，靠近那只玻璃杯，将这些盛开的花儿逐朵地摸了一遍——对我来说，这就是证实它们的的确确已经属于自己的唯一方式。

很奇怪地，从头至尾，我一丝一毫也没关心过这些花是谁送来的，也许这就是小孩子的逻辑，只要有东西玩便是好的，而那东西是从哪儿来的倒并不重要。

可是，就在我充满希望地想着，那些邻家女孩会多么嫉妒地望着这专属于我的鲜花的时候，我的花儿却开始枯萎了。我不知道是什么让它们萎谢得那样快。也许，是装水的杯子太小？或者，是我的房间里温度太高？不管怎么样，当第二天一早，我高高兴兴从床上爬起来去看玫瑰花的时候，就发现它们已经全都变了颜色，大片的褐色斑点吞没了娇嫩的花瓣，本来就不太坚挺的花茎现在全部弯折了下去，就像垂死的天鹅的脖颈。

我呆呆地望着这凄凄惨惨的一幕，一种说不清、道不明的感觉，让我的鼻子有点酸酸的。失去了一次在同伴面前炫耀的机会自然是很难过的，但更难过的却是，我忽然明白了，我所喜欢的东西都是不可能长久陪在自己身边的。比如这些花朵。

或许，这就是我此后对占有某一件东西，或者，失去某一件东西，都看得很淡漠的一个缘由。因为我实在不能肯定，我今天握在手里的，会不会在明天就已经枯萎。我们能采来无数的花儿，可谁能采来一秒钟的时光？谁又能让凋零的花再度开放？我唯一能做到的，不过是记住，记住了的一切，就无所谓占有，更无所谓消失。

我看着爸爸把那些水杯里的枯花取出来，装进一个塑料袋，丢进垃圾堆。

然后，我闭上眼睛，只见一片芬芳的玫瑰正盛开在一片挂着雨珠的草地上，在水晶杯一样的晨光里，和六月的太阳一起注视云的舞蹈，倾听风的歌唱，最终，安静地回到散发着枯叶气息的泥土里，躺下，睡去。

笼中的翅膀

每次去动物园，对我都是一次新的折磨。我不是不喜欢动物，我只是不喜欢笼子。

从猴山经过，倒还好些。那里虽然也有栅栏，可至少还是露天的，一座大假山总给我一种错觉，好像猴子们从那上面一蹿就可以蹿到围栏之外。可是，转到骆驼笼边，就让人心碎了。那几只老好的四足动物，完全没有一点想从笼子里往外跑的企图，然而它们的黑眼睛，望着你的时候，就好像含着一汪泪水似的。我很难忘记它们从铁栏杆之间，把脖子尽力地伸出来，去吃小孩子手里碎草纸的样子。它们是那么小心翼翼，唯恐惊跑了谁似的，可还是不时有小孩发出尖叫声，当那些温热的大舌头不小心碰到他们手指的时候……

关着鸟儿们的笼子是另外一种模样，我只能用"可怕"

这个字眼来形容。密密地聚集在一起的细铁丝，一格格小而窄的空间，就像是什么装东西的抽屉。关孔雀的地方算是最宽敞的了，可也仅仅能让那些拖着沉重尾巴的鸟儿在灰沙蒙蒙的地面走上小小的五步，就不得不费力地折转过身子，再往回走去……

人究竟有多冷酷，在这些笼子前面就可以一览无余。我总是心惶惶地发现，那些和我一般大，或者比我还要小的孩子，竟然可以那么开心地对着一只被关在笼里的猴子，或是骆驼，或是孔雀，扔出石子、塑料袋、棒冰棍之类五花八门的东西，只为了要吓它们一跳。欣赏动物受惊吓的样子，似乎就是他们唯一的乐趣。我真不明白，为什么那一天，我又会要爸爸妈妈带自己去那样一个地方呢？除了"六一"的免票优惠，那里还有什么和儿童节挨得着边的东西呢？可那时候，我却还是使劲地睁大了眼睛，看啊看，看一个个和自己完全不一样的生命出现在三四步以外的地方，这毕竟和看电视里的《动物世界》是不同的，虽然，这些生命和我之间，总是隔着一道铁栅栏。

妈妈带着弟弟去买雪糕了，我和爸爸就在一个叫鹦鹉园的地方停了下来。在关鹦鹉的一排鸟舍前方，已经围满了大人和小孩。爸爸推着我的童车，一直走到这堵"人墙"旁边，然后问我：

"想进去吗？"

我摇摇头。

"那就在这里看吧。"

我点点头。

于是，我们就远远隔着一片熙熙攘攘、有哭有笑、举着气球和棉花糖的彩色潮流，呆望着那些在鸟笼里飞舞的翅膀。

过了一会儿，爸爸说："你瞧，那儿有一只金刚鹦鹉。"我朝他手指的方向看去，却什么也没有看见——大概是因为我坐在车上，位置太低，所以就被前面的人群挡住了视线。见我露出失望的样子，他走近一步，问道：

"你想不想坐高一点儿？"

我不太明白他的话，因为我的小车是固定了的，不可能像起落架一样升降。可是，我相信他总有办法，所以就很开心地回答："想！"

话音还没落，我就觉得自己忽然长高了，或者更确切地说，觉得这个世界矮了下去。我一下子越过了所有人的头顶，也越过了那些鸟笼，原来，从高处往下看，一切竟是如此不同——刚刚被笼子挡住的地方，此刻都露出了不远处矮树的绿叶；刚刚遮住了青空的鸟舍的灰屋檐，此刻都露出了微微发蓝的顶瓦；刚刚被自己的影子掩盖着的那些人们，此刻也都显现在一方和煦的日光下了。如果一只关在笼子里的鸟儿，忽然又惊又喜地发现，笼门打开了，自己一展翼就飞上了高空，飞入了云端……恐怕它也不会比那一刹那的我感觉更自由，更满足。

我的童车在空中停留了足有十秒钟，它被一双结实的臂膀托举着，稳稳当当。那臂膀里面究竟有多少力量？在此之后的二十余年中，我每想起这一件事，都会觉得惊奇：他真是我的爸爸吗？他真是我那个瘦瘦弱弱的、就连拎一桶水都会喊腰疼的爸爸吗？就是这同一个人，当他把我放回地面时，居然还笑了一下，说：

"你要多吃点饭，最近都变轻了。"

而我，也只是望着他笑。那一刻，我真的相信自己很轻，就像那只笼中的金刚鹦鹉：我看见它的时候，它正伸展着自己那对碧蓝色的翅膀，飞来、飞去，竟然以为自己就是鸟笼里，那无边无际的天空。

蔷薇校园

说来也可笑，童年的我，曾经梦想去上学，不是为了读书识字，也不是为了能和许多同学一起游戏。而仅仅，是因为学校里种了一片蔷薇花，一片，白里裹红的蔷薇花。

蔷薇校园，当我第一次迷迷糊糊地靠近它，初夏九点的阳光正栖息在它童话般的枝杈上；风儿穿过树叶，仿佛是树木本身在微微呼吸；一道叮叮咚咚的清泉，从苔痕斑斑的玲珑石上涌出，化为几线细流，跌进养着几尾红鱼的水池里；离水池不远处，竖立着几块绘着红红绿绿粉笔画的黑板报；一截窄窄的石板小径，静卧在水池和黑板之间——沿这条路再往深处去，便可见一片长长的带状的花圃，一簇簇我从未见过的奇异花朵，正在那里微垂着洁白的眼睑。

"就给你摘一朵吧。"

那天，爸爸就在我身边弯着腰，一面说话，一面伸手去摘那花——他平素也是个爱花之人，那一刻却为女儿小小的虚荣心破了例。然而，他是个高度近视，手指也不灵活，茎折花落的一刻，一枚小小的花刺也嵌进了他的拇指。

我捧着那朵花，一个意外的发现使我忘记了把它插上自己的发辫——这朵看似纯白无瑕的花儿，竟在花心深处还藏着一团深深的红艳，恰似满天冰雪围绕着一位红衣的女郎。

"为什么，为什么会开出这样的花儿来呢？"

我拽着爸爸的衣襟，一个劲儿地问道。他却只是吮着自己的大拇指，微笑着，半晌，才说道：

"以后，你自己去看书就知道了。"

是啊，爸爸总是希望我能爱上读书的。那时小我两岁半的弟弟已在读小学三年级，而我却在医院和家中的病榻上，过惯了倚着窗晒太阳的悠闲生活，所以，当爸爸督促着我去背那一首首古诗绝句，写读后感和观察日记的时候，他看到的永远是一个心不在焉的懒丫头。不过，我懒归懒，他布置下的功课最后还是不敢不做完的。实际上，在十岁之前，我眼里的爸爸始终是一个喜怒无常、需要小心对待的牧羊人，而我，就是他手下的那只羔羊。然而，在去蔷薇校园的那一天，我却发现了"另一个"爸爸：一个变小了的爸爸，一个可以接近的爸爸。在那里，我第一次觉得他还是喜欢我的，他喜欢我向他提出问题，尽管他并不全都回答。

在此后漫长的岁月里，我渐渐懂得了自己的每一点长进对这个"牧羊人"的意义，甚至，我也终于如他期望中的那样，喜欢上了读书和写作。只是，我并不知道，这一切对我又意味着什么，在不久的未来，等待我的又是什么……一个孩子在快乐的时候就不会去想太多，十岁的我，只觉得这世上没有什么办不成的事，尤其是在得到一朵心爱的蔷薇，又看到了爸爸那么可亲的微笑之后。

"爸爸，以后我能到这里来上学吗？"

我忽然心血来潮地问道。这时，仿佛为了弥补这一段沉默，几个穿蓝裙子的女孩像几只青鸟一样，从我的童车边飞过去了，她们甚至没有看一眼那些白里裹红的花朵，就消失在了远处的校舍里。我开始意识到自己的问题有点儿傻，可是，爸爸的声音却在身后响了起来：

"你应该到比这更好的学校去上学。"

他只说了这么一句，但，作为一个父亲的回答，这也就足够了。

雨中花

　　那是一个多雨的夏日，满街的黑雨伞。伞下的人，不论是走过来的，还是走过去的，都面无表情，脚步匆匆，偶尔，从一道伞沿下，会露出一双黑色的眼睛，向路旁漠然地一瞥——不知他们是不是看见了我，可我希望没有，因为我知道自己坐在童车里，浑身紧紧裹着一件绿色的橡胶大雨披的模样，一定是不那么好看的。

　　我从不在下雨的日子出门，但是那一天例外，因为那个从外地来的气功大师只会在我们的小城里逗留一天，妈妈决心无论如何要带我去"碰碰运气"。于是，她严严实实地把我裹进了那个绿色的茧壳里，放在车上推着，爸爸为她撑着伞。就这样，在密密的雨丝中走了很长很长的一段路，终于，走进了一个光线昏暗的室内体育馆。

一进门，就可以看到有一个人正站在临时搭起的讲台上，做着长篇演讲。因为下雨，地面很潮湿，不过那里横七竖八地躺着些练体操用的帆布垫，一些迟到的听众，没有占到座位，便坐在那样一个垫子上，待到我们进去时，却连那几只垫子，也几乎给坐满了。

妈妈急忙去寻找可以用来铺在地上给我躺下的代用品，这时，我尽量把眼珠转向两边，看看那些没有被雨披遮住的地方。忽然，在我的视野中，出现了一个穿短裙的小女孩，在会场中心那微弱的灯光下，她静静地站着，手里捻着一朵蓝色的小花，也正好奇地望着我，这种好奇的眼神，其实我在别处也见过许多，但却没有一双眼睛是这样不加掩饰的。

我们就这样对视了足有七八秒之久，等到爸爸走过来，把我抱到一块刚刚铺在地上的塑料布上，她，和她的花，却在一瞬间消失了。爸爸和妈妈一左一右地挨着我坐下，四下张望，只见到几个离开了自己的座位，或站或蹲，在那里手舞足蹈的人。坐在他们旁边的听众正在那里交头接耳地说，这就是病将好了的先兆。

但是，这样的奇迹，终究没有在我身上出现。

散了场，出门时，雨还没有停。不过已是星星点点，将住未住的样子。爸爸要赶去接放学的弟弟，妈妈便推着我坐的车，也不打伞，就在那细雨中慢慢地走。

这时，我又看见了那个小小的身影：不打伞，也没穿雨披，手里只拈着一朵小小的花儿，正轻轻快快地走在前面的路上。

她似乎并不在意那一点点淋在自己裙子和发梢上的雨滴，当她扭过头来，看见坐在童车里的我身上还裹着那么厚的一件雨披时，却只是微微地笑了一下，好像这种打扮也很有趣。

"你一个人出来玩的？"妈妈也看见了她，便有些爱怜地问道。

"嗯。"她只是很干脆地点点头。

"下雨天，怎么也不带把伞呢？"

"……"

她没有再说什么，只是边走边看看我。我低着头，也沉默着，只是偶尔瞥一眼她仍拿在手里，拈来拈去的那朵花。

那是一朵我从来没见过的花：四片蓝色的花瓣微微拢在一起，恰似一小片屋檐之间透出的晴空；细小的雨点，淋在花瓣上，晶莹透亮，映射出夏日湖水一样的色泽。

妈妈不知在想些什么，也不说话了。而那个小女孩就这么不紧不慢地走在我的童车旁边，忽然，她像是对我，又像是自言自语地说道：

"哎，我该回家了。"

可是，她却没有立即转身离去，反倒向我又走近了一步，把手里的花，放在裹着我的绿色雨披上——

"这个，给你吧。"

说完，她又微微笑了一下，好像很早以前就认识我似的，接着，便蹦蹦跳跳地往路旁一条小巷走去。

就在这一刻，我忽然发现，雨停了。

很久很久之后，每当我读到精灵和魔法的故事，总会想起那个轻轻快快地消失在灰色城市里的背影。这个世界上肯定是存在着一些会魔法的人，我始终坚信这一点：即使这些人没有翅膀，也没有魔棒，可当你遇上他们的时候，你一定会知道，因为他们会让你心里的雨悄悄地停住，在不知不觉中，就绽开了一片菱形花瓣似的碧空。但是，我却无法证明这一点，因为那朵花，已经被我弄丢了。

湖畔

　　我十二岁时候的梦境，常常是和一片闪烁的水光连在一起的。

　　在梦中，有时，我被一个看不见的人追赶着，前方已是悬崖绝路，忽然，一片烟波浩渺的海洋出现在悬崖尽头，我便毫不犹豫地跳入海中，深蓝的海水就会带我进入另一个天地：和谐、安宁、无忧无虑……只有一片柔波包裹着我，让我觉得自己像是一个还没有出生的婴儿。有时，我被一种奇怪的力量束缚着，整个身体动弹不得。这时，如果有一湾波光粼粼的河水流过我身边，我就得救了，静静的流水会把我托起，我便像一块软木似的漂浮在水里，自由自在，任水流将我带到一个个神秘、陌生的国度里去……

　　我不知道自己为什么会有那些离奇古怪的梦境，但我却知道那片诱人的水光是来自何处。

　　那是我家附近的一个湖泊，也是我曾经见过的最美的一片水面。漫长的夏日里，最闷热难熬的便是黄昏时分。可是当你坐在湖边，望着鲜红的落日渐渐沉入湖底，千万块阳光的碎片在湖面上跳跃，对岸的树木、湖心的小岛都在漫天的霞光下闪耀着金光，湖堤上的柳树轻轻扬起浓密的青丝，把一圈空气的微波拂到你脸上——这个时刻，还有什么烦闷是吹不散的呢？

　　这时，我唯一担心的，就是听到"该回家了"这四个字从妈妈的口中说出来。从我骨折以后，妈妈带我出门的时候就不多了，那时我们住在三层楼上，所以每次带我出门，她都要先同爸爸两人合力把我和我的小车一起搬下楼。但她这样辛苦折腾一场，却还不肯让我在外面待得太久，仿佛就怕我的身体——那个骨质病变，又带着两个压迫性溃疡的脆弱的躯壳，在路上一颠簸就立刻垮掉。不过那天的情形有些不同，也许是刚刚从那个外地来的神医口中听到了一些乐观的诊断，所以妈妈显得很快活。她站在湖边，一手扶着我身后的车把，一手理着自己蓬乱的头发——她的头发很软、很轻，风一吹，细细的发丝就绕着她的脸颊飞舞起来，而她的脸——她的整个脸庞都映着淡金色湖水的反光，就像正在沉入湖泊的太阳一样，柔和、安定、清明。

　　我这一生也不会忘记，那一瞬间的画面。在那之前，不知为什么，我觉得妈妈永远不会变，她会一直梳着那两根搭在肩头的兰花辫子，一直保持着她轻快的脚步，一直用她那种清澈的目光注视这个世界，也注视这个世界中小小的我。可是，那天，妈妈只是用一块手绢扎了一下自己的长发，她的样子还是很美，却让我感到有些奇怪的陌生。我忽然想到，其实一切终究还是已经变了。这个看起来既可爱又陌生的母亲，已经陪着我，度过了整整十二年的时光，而我早就已经不是那个可以搂着她的脖子，去看儿科门诊的小孩子了。那么，再过十二年呢？我会变成什么样？她又会变成什么样？这个关于变化的想象不禁让我一阵战栗。于是，我回过头，又去看那片可以让自己忘记一切的湖水，那水波在我眼前，摇啊摇……恍惚中，我已经消失，只有那微微泛青的光影还在继续浮起、沉没……

　　"妈妈……"我轻轻地叫了一声。

　　"怎么了？"她立刻转过身，靠近我，"手怎么这么凉？是不是这里风太大了？"

　　"如果我在这个湖里淹死了，你会不会很难过？"

"你又在胡说什么！有我在，我会让你掉进湖里去吗？"

我没再说话，就让自己的手一直被她紧握着，从她手上传来的温度，恰如那静静的流水，洗掉了我所有不安稳的念头。

那个夏天，我又喝下了很多奇怪的药汤，可病却没有好，反而开始发高烧，咳血。三个月后，妈妈拿到了医院里的诊断书，说我全身都已经被细菌感染，也就是人们常说的"败血症"。

那不是我第一次在现实里坠下去，也不是最后一次……可每当我冒着冰冷的汗水，在半夜迷迷糊糊地睁开双眼，却总会发现，妈妈就躺在我的床边，头倚着我的盖被，一只手还握着我的手。于是，我便仿佛又回到了湖畔：水天依然，倒影如故，一切，原来都没有改变。

红霞

那是一个灰色而微明的早晨。我躺在医院里靠近窗户的白色病床上，迷迷糊糊地从梦中醒来。记不得自己都梦见了什么，只是像往常那样，发现一边枕上又湿了一大片，而且惺忪的睡眼里，还酸酸地含着些泪水。

同屋的病友还在睡，我尽量轻轻地从床上坐起。四周一片寂静，朦胧的晨光里，只听得见一只鸟儿微弱的歌声。我茫然地扭头向窗外看去：灰蓝色的天际，赫然亮着一抹红霞。

它在我眼前，渐渐、渐渐地变大，从一条纤细的带子，变成一片翻滚的火焰；又渐渐、渐渐地变亮，从深深的殷红，变成浅浅的绯红。最后，整个天空都燃烧起来。

于是，我发现，自己仍是生活在一个有光亮、有色彩的世界里。这个世界，是我熟悉的，却又每时每刻都是新的。

第二辑

城市的童话

而此时，路上的行人正低着头从他们身边
走过，丝毫也不曾去留意这个幸存在都市
之中的奇迹。

风筝

阴沉了一天的空气，在黄昏前忽地明朗起来。

三月的风，拨开了满天灰鱼群样的云，也卷起了那些散落在街道两旁的，清洁工还未来得及扫去的纸片，将它们化作一只只白色的蝴蝶，忽上忽下。

就在这时，马路的中央，忽然蹿出了一个穿着蓝色外衣的小男孩。他的短发刺猬一样地在风中直立着；东张西望，总有些不知所措的眼神令人想起迷路的小山羊，瘦瘦的肩膀上，还背着一个胖嘟嘟的，意味着他已经上了学的大书包。或许也正是这只漂亮的书包，才使得他手中捏着的一只脏兮兮的空塑料袋显得有点怪，塑料袋开口的一端连接着一根细绳，绳子很长，一头系在男孩的手指上。

他究竟要做什么呢？一路上穿梭而行的行人没有时间考

虑这个问题。而男孩，似乎也不愿被人打扰。他正在一片汽车喇叭的吆喝声中穿过马路，来到人行道的一隅，默默地站了一小会儿之后，便举起他的塑料袋，松开了一直捏得紧紧的手指……

呼——那只空瘪瘪的袋子猛然间鼓胀成了一个透明的圆球，摇摇晃晃地，向空中奔去！

小男孩也跑起来。尽管身上背着过重的书包，步子显得有些拖拉，可男孩脸上却流露出这样的神气，仿佛他正欢跃在一片无限的田野上，手中，还牵着一只彩色的风筝。

蜻蜓

六月的校园，在一片深绿中沉默着。

操场旁边的假山池，似乎在一夜之间就被疯长的苔藓和
萍草给淹没了。潮湿而带着些青涩气味的空气中，不时地划
过一道细细的蓝线或绿线，带着一些闪闪烁烁的黄昏的光亮，
消失在浓密的水草丛中。

那个穿着白色拖鞋的小女孩，就在这水池边，静立了大
约有半点钟的光景。

她的目光一直耐心地搜寻和跟踪着那些从她身边经过的
小昆虫，她管它们叫"豆娘儿"。有好几次，她小心翼翼地
伸出手去，差点就捉住了一只小小的"豆娘儿"，可是，最
后还是落了空。

于是，她下决心不再轻举妄动。她就那么静静地，在水边，
在颜色渐深的天空下，站立着。

一只纤细的蓝色蜻蜓，或者，是一只小小的"豆娘儿"，轻轻落在她的肩头。也许，它是把她当作了一棵生长在水边的奇异的树。但是，这树，却悄悄伸出了两根灵活的手指，就在它要飞走的一瞬间，捏住了它的翅膀。

这个蓝色的小东西在她的手上，无望地挣扎、抽搐着，她却是兴奋地涨红了脸，捏着这小小的战利品，左看，右看。

"可以做成很漂亮的标本呢。"一个女学生从她旁边走过，看着那只蜻蜓，这样说道。

小女孩抬起头，看见了那个女生的背影。她想起来，是到了回家的时候了。

她举起手里的蜻蜓，几乎连眼都没眨一下，就把它放飞了。然后，带着一个自由自在的笑容，她也飞走了。

橱窗

午后的太阳仍是亮灿灿的，但在一片片高楼和广告牌的斜长阴影中，已经可以感到一些儿穿透肌肤的凉意。路边银杏树鱼鳞似的层层叶片，像是贴着色丝边的小小折扇，在临街的橱窗上摇曳着点点金色和绿色的碎影。

在这些巨大的落地玻璃前面，伸展着一截矮小的窗台，如同一个世界通向另一个世界的一级台阶。一个正在学步的小孩子，在这台阶上一边蹒跚地走着，一边发出快活的咿呀声。他用自己那胖胖的、几乎看不出指关节的小手，触摸着那在窗玻璃后面的蓝天——在那挂了锡箔纸星星的蓝丝绒天空下，娃娃们正在开舞会，一个城堡形的八音盒旋转着发出微弱的叮当声，玫瑰、百合、翠菊和蝴蝶兰不分四季地怒放着，一只穿着唐装的胖狗熊坐在花丛里，咧嘴傻笑……

橱窗外的小孩子也在笑，对着这个他每天都可以看见，却从未进去过的美丽小世界开心地笑。可是，他的眼睛忽然睁大了，那是什么？——那出现在橱窗上的，是一朵花么？却比那些花儿们更绚烂多彩，是一颗星星么？却不及那些锡箔纸剪出的星星闪亮耀眼。

他惊奇而迷惑地伸出手去，那胖嘟嘟的手指，刚触碰到那个奇妙的东西，就又缩了回来，它不是冷冰冰、硬邦邦的，而是毛茸茸、软乎乎的，它在动，它是活的！

那是垂死的、伏在窗玻璃上的蓝黑色风蝶，轻轻地扇了扇翅膀，像一片落叶似的坠落下来，只一转眼，又随风飞起，不一会儿，就在空中消逝了踪影。只留下那个小小的孩子，怔怔地望着从橱窗上映照出的一角青色天空——在那后面，也隐藏着一个他永远触摸不到的世界……

果实

　　这是一条坑坑洼洼的柏油路。路上总有一些被车轮轧得扁扁的啤酒瓶盖，路边的车辙里常常积满了秋天的雨水，一汪一汪的，映着人行道上梧桐树的影子。

　　这些梧桐树上已经没有多少叶子了，稀疏的枝干间裸露着灰白的天空。早晨的冷风掠过时，会带走几片落在树下的枯叶和纸片。一个面孔黄瘦的小男孩就坐在这样一棵树下，出神地望着从他面前飞驰而过的一辆辆黄色和红色的出租车。

　　他的身边，是一个有着同样黄瘦面孔的中年人，还有两个装着山核桃的柳条筐箩。那中年人正小心翼翼地敲开其中几个核桃，把半露出来的油亮果肉细致地码放在那一堆灰褐色的果实上。

当他做着这些事情的时候，他会不时地扭头去看看那个男孩。而这时，男孩就会扭过头来向他微微地咧嘴一笑，然后，用他脏兮兮的小手捡起地上散落的果壳，把它们拢在一起，小心地藏进梧桐树下的一块长满杂草的土地里去。

这时的人行道上还不见多少行人，只有几个送孩子上学的父亲骑着摩托车或者自行车从窄窄的车道上驶过。一个老太太拎着一只买菜的篮子，颤巍巍地走在回家的路上。街边的小火锅店刚刚打开门扇，一个打着呵欠的小伙计正在支起炉灶。谁也不曾去注意在路边摆摊的这两个人，也许，只有他们自己才知道，那盛在笆箩里的是一堆等待着被品尝的果实。

不过终于还是有一个买主出现了。一个矮矮胖胖、留着小胡子的男人，在他们身旁停下了脚步。于是，满满一捧山核桃就被裹在一张皱巴巴的报纸里了。小胡子接过纸包，一手伸进衣袋里去掏钱。这时，一颗圆溜溜的核桃滑了出去，蹦跳了一下，就滚向了那并不平坦的柏油路面。几乎就在这同时，一辆小汽车发出了一声刺耳的鸣叫……

汽车在男孩的面前停了下来。男孩俯身捡起那颗掉在地上的核桃。一束清晨的阳光，正好落在玻璃车窗上，又反射到他的脸上。这一瞬间，竟然没有人想到要去责备他的冒失。他扭过头来，带着一个金灿灿的笑容，向那黄瘦的中年人举起手中一颗完好的褐色果实。而此时，路上的行人正低着头从他们身边走过，丝毫也不曾去留意这个幸存在都市之中的奇迹。

第三辑

书页的翅膀

我只是需要一个游戏，一个可以不停做下去的游戏，好让自己在那么多又漫长、又安静的平淡日子里，感到一点点惊奇。

走进一个游戏

　　我，出生在一个很小、很寂寞的小城里。在我儿时的记忆里，几乎从未发生过什么惊天动地的事。四岁时坐火车去过一次南京，八岁时见过一场节日焰火，这些，都成了点缀在我平淡生活中的伟大星光。如果我是个知足而安分的小孩儿，一定可以过得比其他任何孩子都轻松自在。可我不是，我总想要自己没有的东西。那时，因为生病，我不能上学，却偏要拿着本字典学认字，还让家里人找来学校的试题给我做，做完了还要爸爸给我打分。但我做这一切，不像一些人所说的，是在与病魔斗争，我只是需要一个游戏，一个可以不停做下去的游戏，好让自己在那么多又漫长又安静的平淡日子里，感到一点点惊奇。我就是这样在无意中走进了一个没有尽头的世界，一个书里的世界……

小人书

　　小人书，在我的记忆中，总是和夏天的热风、噼啪作响的竹帘儿系在一起的。

　　放暑假的日子里，交换小人书，对我们这栋居民楼里的孩子来说，算是一个十分重大的外交活动。我们家在整栋楼里是没法和别人家比吃比穿的，可书却永远比人家的多。而且由于爸爸的爱好广泛，我和弟弟的小人书也不拘一格，从《白发魔女》到《十字军骑士》，从《吹牛大王历险记》到《人鱼泪》，从《封神榜》到《泉水叮咚》，几乎无所不有、无所不包。年幼无知、不懂爱惜书本的我们每每会在这些书里加上自己的"润色"，给侠女涂个红嘴唇啦，给解放军添杆长矛枪啦，虽然事后看看，也觉得自己的那几笔在书页上显得十分滑稽，可一扭头就又会去书架上寻找自己喜欢的书来作牺牲品。

现在想想，我那精通经济学的爸爸真是英明又狡猾，他看到我和弟弟乱涂乱画的时候，从来不对我们发火，而是很平静地告诉我们，这样被画过的书就不能再算是收藏品，以后就不能值大钱了（那时候我和弟弟认为，多过一块钱的都是大钱，那可以买多少根五分钱的冰棍啊！）。然后，他又给我们想了一个好办法，就是拿信纸蒙在书上描着画，这样，怎么涂颜色也不会弄脏我们的藏书。这个办法当然立刻就被采纳了。

　　可后来，我就发现，其他孩子拿过来的小人书没有我们家的书干净了，再后来，我又发现，我们家借出去的书常是有去无回，或者回来了也是面目全非，被弄得皱巴巴、脏兮兮的。事情也就是这么奇怪，书被自己弄坏的时候，一点儿都不觉得有什么不好，可是看到自己保护得那样完好的"藏品"被其他孩子弄缺了一角或弄脏了一页，那心就别提有多疼了。我就这样渐渐变成了一个小气鬼，每次借书给别人，必定三令五申："别折书角，别用笔乱画，别转借给人家，别在吃饭的时候看，别把书带进厕所……"这样唠叨的次数多到让借书的孩子和我自己都觉得受不了的时候，爸爸又给我们出了个主意，把一书架的小人书分为三档：一档是供交换出借之用；一档只供就地阅览；还有一档是藏在那两档之后，既不借也不给别人看的，其待遇相当于国家一级保护文物。追本溯源，直到如今，我还能保存下满满两大盒的小人书，也全亏了这个管理制度被良好地执行了下去。

不过，当长大后的我再把这些小人书翻开，我发现自己最喜欢的书，还就是那些破破烂烂的、涂满了乱糟糟铅笔画的。反而那些受到精心保护的——比如有几套舅舅从北京买了寄来的——《红楼梦》《儒林外史》……全都是绘画精细、印刷精美的好书，可它们就和放在食品店做摆设的塑料水果一样，引不起我任何食欲。而我破旧的小人书虽然没有变成值钱的收藏品，却幸运地在一次次搬家中被保留了下来。我知道，即使有人给我比一块钱多得多的"大钱"，我也是决不会出卖它们的了，因为，它们已经和我最快乐的童年回忆永远连在了一起。

童话书

　　小时候的童话书，几乎大都是过儿童节时买的，因为每逢那时，书店的童话书都会打折卖，这样一来，平常可以买一本书的钱，就可以买到两本，甚至三本书了。我每年可以得到的童话书并不多，因此就养成了一个习惯：自己喜欢的书一定会反反复复看很多遍。只不过，每一遍看的次序可能都不一样，第一遍是从头看到尾，第二遍就可能按照我喜欢的程序排序，先看中间的某个章节，第三遍，可能又会先看我开始最不注意的那一段……

　　所以，一些系列故事往往成了我读过次数最多的书，比如《淘气包艾米尔》，这本书是用日记体写的，最大的好处就是每天的故事都可以独立成章，也就是说，可以随我去组合排序。当这样的重读游戏玩多了，我就发现了一个奥秘：即便是一个很长的故事，也是由许多个小故事组合起来的，只不过，有的组合方式非常巧妙，环环相扣，让你不加注意就找不到那"接缝"的地方。也就是从那时起，我变成了一个讲故事的高手，我可以不用拿书，就给我的弟弟、表妹还有那些邻居家的孩子轻松讲述一本几十万字的《全不知游月球》，因为我只讲其中最精彩的片段，还总是故意在关键处打住不说，引得他们一个劲儿求我，而我的小小虚荣心，就在他们如饥似渴的目光中得到了极大的满足。

但那些童话书的书页，大都是很薄的纸印刷的，经不住很多次地翻看，所以，我小时候看过的童话书几乎没有一本是保存完好的，不是掉了封面，就是内页松动，还有的书，甚至只剩下半本，另外半本也不知塞到哪儿去了。可因为我读过那么多次，所以，即便只有那一半书了，我还是能看着前面的文字，清楚地记起后面的内容，而那些读过次数最多的，我几乎都不需要翻开书，闭上眼睛就可以看见里面的故事。

后来，由于开始研究儿童文学，我又买回了很多崭新的童话书，有一些过去只读了缩写版的，我又去买了全译本。可那些被我成套买来的，却反而不再如那些不完整的旧书，能让我反反复复看很多遍都不厌倦了。自然，有很多美好的故事，也曾让我感动，可那种感觉，只是在阅读的瞬间才有，而当我闭上眼睛，重新回到自己心灵的角落，我能看到的每个微笑的句子，每个含泪的词语，都仅仅和我的那些破书有关。我由此也终于明白了一个道理：书，其实和人是一样的——你会一直喜欢、想念着某个人，并不是因为他比谁优秀，或者是特别可爱，而是因为你和他在一起，度过了你一生中最难忘的时光。

生活之书

除了小人书和童话书，科幻小说也让我深深着迷，我的书架上至今摆着凡尔纳和威尔斯的全集，出于爱屋及乌的心理，我还读了很多科普书。后来，爸爸妈妈的单位有了自己的工会图书馆，我能借来读的书就更多了，勃朗特、梅里美、纪伯伦、泰戈尔、密斯特拉尔……一个接着一个，跳到了我的眼前。这些书，伴随着我不安分的心灵，让我在沉默内向的伪装下，做了无数次奇妙的历险。如果，我能满足于此，或许可以就这样在一个书页遮蔽的伊甸园里，生活一辈子。可我不是，我总想要更不平凡的东西。

我常想，也许在很多很多年以后，也会有一个孩子，和我一样渴望一点奇迹的发生，那时，谁又能专为他点燃一场节日的焰火？于是，我就为自己想象出来的这个不安分的小孩儿，写下了一些像焰火般的文字：《四季短笛》。我发现，写作，就和读书一样，都可以让自己超越时空的限制。

而写作，又比读书更加自由，因为我不用再重复书上的句子，任我排序组合的，是一本更奇妙的大书，它的名字，就叫生活。

我的生活，别人的生活，所有平凡的小细节，都可以在一本书里，变得不再平凡；每一张书页，都可以变成神奇的翅膀，带着心灵飞向另一个世界。我为自己发现了这样一个秘密，而感到无比惊奇。可我知道，这还不是这本大书中的最后一个秘密，它还需要每一个梦想奇迹的孩子，不停地读下去……

第四辑

小书房日记

小时候，我有一个梦想，想要一个满是阳光的玻璃屋，屋里的墙壁就是书架，书架上放满了数不清的童话书。

生日

安徒生的生日，也是我的生日，而我的名字里也有一个"安"……这些不过是巧合罢了。可每当我读着那篇《海的女儿》，我就会觉得，这世界上有些事并不全是偶然发生的。

一个和别人不一样的人，是如何渴望着被接受，被理解，被爱……谁能明白？可是他，和我一样，名字里有个"安"的那个人，他却能看透我心底最深处隐藏的那一点孤独；他也知道我为什么流泪，为什么微笑。在他的故事里，我看到的，不是镜子里的幻象，而是贴在泪痕斑斑的脸上的一双温暖的手啊——这双手曾经为每一个孤独的孩子，用一张张白纸剪出彩色的蝴蝶……

曾经有个非常可爱的女孩对我说，她喜欢童话，因为它是对现实的一种逃避。是不是因为现实太冷了，所以望着一根火柴幻想出来的温暖也弥足珍贵？我知道，很多人都会认为，沉浸在梦幻里是会丧失斗志、无所作为的。但是，谁又能说安徒生是个无所作为的人呢？的确，有时候，对现实的逃避并不等于消极，也不等于不幸。如果一个孤独的人能够拥抱自己的孤独，如果一个幻想家能够放飞自己的幻梦……那么，他就是幸福的。他的泡沫就会变成珍珠，给许多许多年之后，和他一样流过泪、也微笑过的人们，带来一份真正的幸福。

这，仅仅是当我制作这一期《安徒生200年纪念专辑》时，心中涌出的一点幸福的思绪罢了。可最让我感到幸福的一件事，还是今天收到了许多来自小书房的朋友们的生日祝福，在这里，我只想借这篇日记再对大家说一声："我会永远为了你们，爱并快乐着。"

永恒

　　什么是永恒？什么是生命？我们都是活在一个又一个瞬间里——"太阳从海洋吸了些水上去，变成云，接着又变成雨。雨水落到溪中，溪水不断前行，又把水送回海洋，这就好比一个轮子。"

　　是的，生命就是这样一个简单的轮子，虽说它从没有一刻与上一刻相同。可不知为什么，我们总是在渴望不变的永恒。几乎每个孩子都有过一段拒绝成长的经验：记得从第一颗乳牙掉下来的时候起，我就开始考虑自己要不要活到六十岁的问题。虽然有无数的教科书，书写着细胞如何分裂、生命如何孕育，可却没有一所学校能够让孩子知道，如何面对生命与死亡，如何看待瞬间与永恒——而这些却是常常会出现在他们脑海中，并且挥之不去的疑问。

　　几乎所有真正优秀的儿童文学作品，都是能够于"不经意"的描述中，让孩子们了解一些他们正在或正要度过的人生的意义。冰心在《往事》的开篇中说道："假如生命是乏味的，我怕有来生；假如生命是有趣的，今生便已是满足的了……"在《永远的狄家》这个幻想故事里，虽然没有出现过这样的话语，可我们从一块墓碑上留下的寥寥一行字迹中，仿佛已经看到了温妮充实而美好的一生。万物运行、生生不息，只有参与其中，你才能找到真正的永恒——或许，这也正是成长的乐趣所在吧。

颜色

　　有时候，我会喜欢一个画家，仅仅是因为画里的一片颜色，就像因为喜欢那纯蓝色颜料涂抹出的一片天空，而喜欢上了安德里亚。

　　我真的无法不喜欢这片《蓝天空》，无法不喜欢那个在天空下注视云朵的女孩。这本图画书，从始至终，几乎都在用一种颜色对人们诉说着这个女孩子的回忆、悲伤、憧憬、幻想……深深浅浅的蓝，全都是那么单纯无邪，却又全都带着一道道泪珠流过似的划痕。这蓝色仿佛就是从那个女孩孤独的内心流淌出来，又在和她一样寂寞的天空上幻化为蜗牛、兔子、大象，还有许许多多的鸟儿。而她自己，也像一只渴望晴空的鸟儿，努力地飞啊飞，只为了一个目的地——飞到妈妈的身边。

当这个飞翔的梦想，延续到《白鹳鸟》这本书中的时候，我惊喜地发现，这个小女孩终于还是走出了自己的内心，走入了更加广阔的一个世界。这个世界不再是纯粹的一片蓝了。有时，它是粉色的，如同清晨初升的朝霞；有时，它是金色的，如同开满向日葵的田野；有时，它又是黑色的，如同没有星月的、沉默的夜晚……在数不清的颜色中，唯一不变的，是那只白鹳鸟，它像一朵白云飘在一座座城市的上空，把单纯的蓝天空和彩色的大地连为了一体。它到过许多地方，它见过许多人，它经历了许多事，最后，它发现自己梦中的"美丽烟囱"，原来就在家乡的田野上等待着它……

当译到白鹳们一起飞往西高克的那一段时，我不由自主地也有了一种想飞的欲望，我的眼里也不禁有了一些谁也没有注意到的泪水，只是，这泪不是为痛苦而流，而是为了幸福才涌出来——毕竟，这个世界上还有这样一片蓝天，还有这样一群自由的白鹳……孤独的孩子啊，你不要灰心，不论我们经历过什么样的黑暗，只要这蓝与白的色彩还没有消逝，人间就总有希望，总有爱。

下雪了

下雪了。

纷纷扬扬的雪片，从清晨开始，一直落到傍晚，透过玻璃窗望出去，一棵静立在雪中的枇杷树，竟有如挂着锡箔丝带的圣诞树一般，闪烁着细碎的银色光泽……我十一岁的外甥女，几乎是从放寒假之前的一个月开始，就盼望着这下雪的日子了——从她每次来电话时满怀期待的那一句"你们那儿下雪了吗？"我又一次欣喜地发现了，孩子的那种天生对自然的渴望。不是吗？我们都喜欢蝴蝶的飞舞、大树的影子、水波的颤动、果实的重量……还有，下雪的天气。

发现自己原来是大自然所有的生命中的一部分，这感觉可算是所有感觉中最美妙的一种。白雪的美丽，正在于"简单"二字。快乐的奥秘，也在于"简单"二字。泰戈尔说："使生如夏花之炫烂，死如秋叶之静美。"人的一生，其实也就如一花、一叶、一场细雪，简简单单地开始，简简单单地结束，但谁又能说，这样的一生，不是美丽的呢？

小书房的梦

2006 年 2 月 24 日

有些事回头想想，就像一个梦。

最近和一些朋友聊起小书房当初的建立，她们都觉得很惊讶，其实，我说的时候，也一样惊讶——惊讶于那时候的自己，刚刚学会制作最简单的静态网页，刚刚收集了十来本电子童话书，刚刚申请了一个50M的免费空间，竟然就敢于把这样将就着做起来的一个小网站命名为"世界儿童文学网"。难怪有人说，只有无知的人，才会认为自己可以拥有世界上所有的知识。现在想想，网站刚建成的那会儿，自己最担心的事——有一天没有童书可以更新了——恰恰是最不可能发生的。

现在的小书房，已经越来越成熟，越来越明白：真正的世界儿童文学，是个无边无际的海洋，其中的宝藏是探索不完的。可它仍然在担心，担心海太大了，自己太小了……这个童话的世界，还是需要现实的臂膀来支撑的，而现实世界里，小书房是没有任何依靠的，它不属于任何集团，任何公司。可是，也正因为它的孤独，所以它仍旧是自由的，它依然可以按照自己最初的梦想，去走自己的路。

有人问我，小书房会不会有一天变成一个收费网站？我说，不会，只要我还活着，我就不会让这样的事情发生。这不是一个承诺，这只是一个信念。我相信，小书房一定会找到属于自己的美好未来，虽然它是存在于一个虚幻的网络世界之中，但和它一起成长的孩子，却并不虚幻。

"一个虚幻的世界，有多少存在的价值？"
"有多少人爱它，它就有多少存在的价值。"

圣诞童话

　　小时候，每当翻开一本本和圣诞节有关的故事书，就很羡慕国外的小孩子，因为他们竟有着这样一个梦幻般的节日。《胡桃夹子》里的那些神奇而华丽的场景——圣诞松林啦，玫瑰湖啦，巧克力国啦，自不必说是多么诱人。即使，是在让我那么伤心的《卖火柴的小女孩》的故事里，圣诞节寒冷的夜晚，也因为那冒热气的烤鹅，那闪烁着星星的圣诞树，那无处不在的飘飞的雪花，变得那么美，那么让人神往。

　　再长大了一些以后，我才知道了，圣诞节原是一个宗教的节日，但因为童话而印在脑海中的那些画面却是改不了的了。以至于一提起圣诞节，我首先想到的便是驾着雪橇在空中飞过的驯鹿，还有圣诞老人的红帽子，还有白雪映衬中的闪闪烛光……有时候，听到一阵好听的铃铛声，我也会想，这是不是《北极快车》里的那个银铃奏响的音符？

这一切，都和上帝无关，只是孩子气的幻想，只是对每一个小愿望都可以得到实现的向往。

如今，有许多普通中国人的家庭也开始过圣诞节了，不为别的，只因为孩子喜欢。每每看到那些小孩子，还没开始上学识字就已经知道用手点着日历说："马上就是圣诞节了！"我便忍不住想要问他们——你相信有圣诞老人吗？你相信圣诞节做的美梦都可以成真吗？可惜，大多数时候，我得到的回答总是否定的。好像中国的小孩子总是比外国的小孩子成熟得多，早早就已经知道自己的礼物是父母从商店里买来，而不是圣诞老人送的了。就这样，一年又一年的圣诞过去了，我送出了许多礼物，也收到了许多礼物，却总觉得圣诞离自己越来越远了。

然而，翻译这本《圣诞童话》的时候，我却仿佛又回到了小时候，回到了那个浸润在童话里的圣诞节，不仅圣诞老人回来了，还有那么多的童年记忆也一起回来了。我终于发现，只有和童话中的人物在一起时，我才能找到一个真正的、没有任何其他日子可以取代的圣诞节。

圣诞节是什么？这是一个可以在家里摆满五颜六色的圣诞玩具的日子；这是一个可以和朋友交换五花八门的圣诞礼物的日子；这也是一个可以实现所有稀奇古怪的圣诞愿望的日子；但最重要的还是，这是一个让我们做梦的日子。那无拘无束的、孩子气的梦幻，只有在这个飘雪的日子里，抱着一本美丽的童话书的时候，才能得到最酣畅的舒展。

鬼怪森林

记得有一首老歌里曾经唱道："很多事情都是后来才看清楚，然而我已找不到来时的路。"不论是安妮在《鬼怪森林》中的旅行，还是我翻译这本书到这本书终于得以出版的过程，用这句歌词来概括，都是再恰当不过了。

曾经有人问我：为什么要翻译这样长的一部童话？我的回答是：我做一件事的时候从不去想为什么，只是觉得喜欢，就会去做。可我必须承认，一切是出乎我意料地发展着。

我没想到，为了译这本书，我会认识一个精神上的良师益友——恩维；我没想到，译这本书的时间只是几个月，而出版这本书的时间却用了近两年；我没想到，这两年来，太多太多的事我都没想到……

可如今，在 2007 年的阳光下，手捧那厚厚的书卷，回首去看自己走过的路，我的心却已经如漂在海上的浮冰一般平静。就仿佛安妮刚刚才回到了现实的世界，数年的光阴也只是现实里的一场短梦。

"很多事都是后来才看清楚"，能够让我们看清一切的，其实就是时间。如果，在经过了那么久的时间之后，我们仍然能对自己做过的事情露出一个微笑，那么，是否找得到那条来时的路，也就已经不再那么重要了。

关于鬼怪

　　刚刚收到《鬼怪森林》的样书没多久，又收到来自恩维的一封信。在信中，他告诉了我一些关于《鬼怪森林》的新秘密——比如，魔法师先生的名字颠倒过来，就是他妻子的名字；刺猬老爹的原型，其实就是他自己生活在保加利亚的父亲；猫头鹰夫人的形象，是来自影响了他一生的一位女士。他还说，如果一定要为他自己在书中找一个影子的话，他宁愿选择安妮，而不是魔法师先生。他觉得，他喜欢的是寻求答案的过程，而不是喜欢给别人提供一个不需要思考的答案，所以，他的童话也是如此——他在他的书中埋藏了许许多多的秘密，他相信总有人能发现这些埋藏着的东西，他也相信，每个人的发现都会有些差别——"这就是文学的奇妙之处"，他这样对我说道。最近看到的一篇书评，更加让我确信他是对的。是的，文学的奇妙，就在于我们可以从同一本书里找到不一样的秘密，甚至连作者本人也猜想不出，他最初埋藏下去的线索，会以怎样的方式被另一个人发现，然后变成另一颗心里的宝藏。

我曾经不止一次地听到人们说，不论以什么方式，人是不可能摆脱自身的孤独的。但是，我始终相信，人是可以超越孤独的——很多很多时候，我们需要的只是一点点光亮，让我们可以看到整个世界，而不是只看到自己。这一点点光亮，是可以从任何地方来的。对安妮来说，这光亮是来自于鬼怪森林，而对我来说，这光亮是来自于小书房。在读一个精彩的故事的时候，或者是在写这些文字的时候，我就不再感到自己是一个人，而是和所有热爱童话的人共有着一份快乐。这样的感觉，是如此真实，如此美妙，即使它只是一个梦，我也唯愿自己能一直生活在这个梦里，更何况，我很清楚，它并不是梦。是的，不是梦，因为我知道你在注视着这里——你就是那个永远不放弃幻想的人，对吗？我知道，你是的，因为，我也是。

语言和声音

2007 年 3 月 29 日

又是一个春天来了。

前日，在公园散步时，看到一位妈妈，正带着一个牙牙学语的孩子在看桃花，一边看，一边说："花儿开了，大树笑了，春天来了……"

我那一刻真的很惊讶：这个妈妈是多么自然地将一个春天的抽象词语，轻轻巧巧地教给了自己的孩子——忽然之间，春天竟仿佛变成了一个生命，戴着一树红艳艳的花儿，微笑着站立在那个孩子的面前。或许，再过上数十载春夏秋冬，当这个孩子长大了，他再听到"春天"这个词语，眼前也还会跳出这一幕生动的图画吧？

也不知怎么，因了这件小事，就想起自己小时候，和祖母在一起度过的那些时光来，想起祖母常常在哄我午睡的时候哼唱的那一曲——"似这般，姹紫嫣红开遍，都付与，断井残垣……"那实在是我记忆中最温柔的声音。而如今，每当我看到美好得不似在人间的色彩和图像，脑海里就总会响起这个声音，同时在心里涌上一阵莫名的伤感和惆怅。

语言和声音，在一个孩子最初的记忆里留下的语言和声音，将会对他的一生，有着怎样的影响啊！

或许，这也是小书房一直想推出一个有声读物版块，却又迟迟未敢推出的原因——我总担心，依赖于有声读物，会令妈妈的声音从孩子的记忆中消失。但，自小书房论坛的亲子阅读版成立以来，也常常听一些妈妈们诉苦说，在一天劳碌的工作之后，对每一夜的亲子阅读实在会感觉力不从心，而孩子们又总是对听故事那样如饥似渴……无论如何，小书房希望，能够通过"月儿湾"这个版块的推出，减轻一些职业妈妈的负担，但我还是想在这里说一句：请妈妈们尽量多抽出一些时间，陪伴孩子们度过这人生中最初的季节吧！因为，你们的声音，你们的话语，才是一个孩子生命里的春天。

平安夜

2007 年 12 月 24 日

圣诞节的前夜，一如既往地安静。

在无数个没有礼物和鲜花的节日里，这个节日，始终是让我不能忘却的一个。不能忘，不是因为那飘飞的白雪，不是因为那圣诞树上的烛光，而是因为有人曾经答应一个孩子，要送她一份圣诞礼物，却没有做到。也许，这就是很多年之后，我仍然执着于送礼物，尤其是圣诞节礼物的缘故，因为，我永远记得那个孩子在一个寒冷的日子里等待一份礼物出现的心情；因为，那个孩子就是我。

盼望得到礼物，这几乎是所有孩子的天性。童年时，一个小小的欣喜，或是一个淡淡的遗憾，总会用它难以预料的方式，影响着一个孩子的一生。如果说，是一份没有兑现的礼物，让我懂得了承诺的分量，那么，也是因为那如约到来的礼物，我才懂得了期待的价值。还记得，在下着大雪的某个新年，为了让住在医院里的我不哭不闹，爸爸曾经答应了出院之后送我一件礼物，那似乎是我一生中最漫长的一次等待……在出院回家后，我一进门就听到了爸爸读书的声音——那是一本《365夜》故事书，封面是黑色的，里面有一些现在看来仍是非常可爱的彩页插图。那一天，爸爸讲故事的声音似乎至今还在耳边萦绕……

有人说，节日的存在，是为了给人们一个理由，分享同一段光阴里的同一片欢乐；而书的存在，又何尝不是如此？当圣诞雪飘落的一瞬，两个人暖融融地相拥着，共同翻开一本书的时候，天与地，也都仿佛有了一个理由，微笑着，开始新一年的生机……节日，只在有人与你分享的时候，才是真正的节日，当你悟到这一点，所有的平凡日子也都可以变成圣诞节；而一本书，就是所有聆听着它的孩子们共同的圣诞礼物。

将2008年读书会记录活动放在圣诞节这一天开始，或许是我个人一点小小的私心。因为身体的缘故，我无法参与那些读书会，和小书房的孩子们一起分享那份简单而纯粹的节日的幸福，可我还是那么执着地想成为一个圣诞老人，想让每个孩子都能够拥有一份节日的礼物。于是，我想到，如果将每一次读书会的活动完整地记录下来，当我们的孩子长大了以后，对他们来说，这记录不就是一份最浪漫的岁月的礼物？但，在未来阅读这些记录的亲爱的孩子们，请记住，这份礼物终究不是某一个圣诞老人的给予，因为，只有当每个参与小书房活动的人都真心想和大家分享快乐，只有当每个孩子的父母都真心希望留下一段永久的书香岁月，那装礼物的口袋才会变得完满和充实起来，而我们的小书房才会变成一个真正的、每天都是圣诞节的地方。

领略人生

　　漫天飞雪的日子里，再没有什么能比读《希腊的神话与传说》更适合取暖了——拥被捧书，任神思飘游，在赫拉克勒斯扼杀蟒蛇的摇篮中，在阿特拉斯双手擎天的旷野间，在西西弗斯日夜推动巨石的山顶上，在普罗米修斯被雄鹰啄食肺腑的断崖旁……血液的热度，渐渐升腾；人间的喧哗，渐渐渺小……

　　我素来不爱描写杀戮的文字，然而，对于古老神话中的残酷场面，却又可以接受，只因为，我总觉得，这些描写其实就是我们必经的人生困苦的一个个象征符号。那么多顶天立地的英雄，曾经拥有无比的神力，却都是遍尝了人世的艰辛；而当他们变得一无所有，才明白了自己所拥有最珍贵的、无法被剥夺去的东西，乃是寻求理想中那个光明世界的自由。

雪满窗棂的漫漫冬日里，掩卷回首那个已成为过往的2007年，我发现自己就和航行在大海上的奥德修斯一样，已经在不知不觉中，变老了。我开始习惯了心痛的感觉；我学会了对一些人和事保持沉默；我渐渐懂得了，最寒冷的地方不是在身外的冰天雪地，而是在人的心中。或许，当一个普通人决定以不谋利的公益活动为自己的毕生事业，就注定会是这样的结果。可我仍然感激，感激在这过去的一年中，降临在我身边的每一次黑暗，还有那些在最黑暗的时刻也没有离弃我的朋友。越是黑暗的地方，越能看见清晰的火光；越是痛苦的时候，越能明白快乐的含义。冰心说："领略人生，要如滚针毡，用血肉之躯去遍挨遍尝，要它针针见血！"我的人生本就是短促的，那么，能以这短促的一生去品尝更多的悲喜，哪怕是苦涩多过甜蜜，不也终究是一种幸运？

　　窗外，雪仍在飘落，却已经有一些孩子跑出了屋，奔跑嬉戏在雪地上了，他们在大笑，在冒汗，正如宙斯的力量无法囚禁古希腊的英雄们，大自然的寒冷也无法囚禁这些孩子的热情。这就是人类的天性：永不畏惧，永存梦想——所以我们尽管渺小，却可以成为自己的主人，在这片无垠的大地上繁衍生息。我想，当普罗米修斯盗火的那一刻，他就已经知晓了这个奥秘。

热爱生命

地震震碎的不仅仅是高楼大厦和人的生命，更震碎了无数孩子的心灵。一个人童年时候留下的心理创伤，有可能是一生的阴影，而地震中的孩子们经历的却是连成年人都几乎无法承受的一夜之间失去所有至爱亲人的巨大创痛，这种阴影，如何能轻易被别人给予的一点物质上的帮助化解？面对这样的创伤，任何言语都是如此无力，或许，能够表达出那生死相隔的绝望，也能带来那生命延续的希望的，只有那些充满了人间真情和人生思索的图画书。

有人说，只有了解死亡，才会更加热爱生命。给孩子一本解读生命和死亡的图画书，或许，其中意义不仅是在于令他一时忘却生活中的烦恼，沉浸到想象中的世界，同时，也是让他以另外一个角度重新去看世界、看自己，并寻找到一个新的出口，释放悲伤，寻回希望和力量。小书房在这个时刻制作生命教育专辑，不是要做一个抗震救灾类的科普书籍展览，而是希望能以我们微薄的力量，让大家了解一些如何给心灵受伤的孩子选书的基础知识。是的，我们不否认，科学是一种知识，但，爱，更是一种知识，而且是每个人都需要学习的知识，可是，我们却常常忽略了这一点。

　　一个耐心的陪伴者，一句理解的话语，一个温暖的拥抱，一瞬眼神与眼神的交流，对于一个无助的孩子来说，都是荒漠里的甘泉。而那满怀希望、浸透着人间爱意的书籍和故事，究竟对一个多灾多难的童年能起到多大的作用，我们现在还无法评说，但我们相信，有爱的地方，就算是眼泪，也可以浇灌幸福！如果，你也相信这一点，你也可以用自己的声音，给孩子们讲一个故事，加入我们的有声读物，我们可以共同来做好这件事，让人间的真情，在声音传递的轨迹中，生生不息！

陪伴

2008 年 6 月 1 日

生命中，最孤独的时刻，总有一些声音，暖暖的，像一道门缝里透过的阳光，让我无法忘记。

四岁，在医院做脊髓穿刺和电疗的时候，是外婆讲着"哪吒闹海"的故事，每天夜里陪我安睡。六岁，在小腿打着石膏的日子里，我第一次从邻床的收音机里听到齐豫的《橄榄树》。九岁，弟弟去上学的冷清午后，我总是盼着奶奶的出现，还有她用温婉的声音哼唱的"似这般，姹紫嫣红开遍"……十三岁，当我在傍晚淡紫色的光线中思索：这样躺在床上活一辈子，有什么意思？耳边，忽然响起爸爸的读书声："现在黄昏来临了。晚霞像火焰一般燃烧，遮掩了半个天空。太阳就要落山了。附近的空气似乎特别清澈，像玻璃一样；远处笼罩着一片柔和的雾气，样子很温暖……"

人的心，是多么奇怪的一种东西，它总是显得那么迟钝，很多很多的事情，是在发生了许久之后，我们才能意识到它有多么重要。现在想想，我的性格、喜好、人生观，我的整个灵魂，其实都是在这些细小的记忆尘埃中生长起来。我庆幸，因为这些声音、这些人的陪伴，我的心，始终没有变冷。无论发生多少不幸，我也还是相信幸福的存在，并期待着，有一天，也能用自己的声音，为一个孩子送去一道充满希望的阳光。

这个小小的愿望，如今正在实现，而且比我想象中的，更加美好。因为不仅仅是我一个人，还有许多许多可爱的人，都在发出他们自己的声音，并用这声音告诉孩子：别怕，不管发生了什么，你还有我们，我们会陪着你走下去，直到走出阴沉的天空，直到你看见幸福的彩虹……

我知道，这种陪伴，必须是长久的，而任何长久的事，都难在坚持。可我相信，不管有多少阻碍，也挡不住爱的传递。如何让更多的孩子听到这有情的声音？如何让更多的人能参与这有情的行动？我们在思索着这些问题，我们也需要你宝贵的建议！

也许，你会觉得，这些事情，在灾后重建的浩大工程中，是非常微不足道的，可是，五年后，十年后，二十年后，当一个孩子如我此刻这样，回忆起自己的童年，他的记忆里，或许，就有一个声音是来自这里。

星星，月亮，一年四季……时光会流逝，可我们不会忘记——孩子，我们在一起。

人生

我终究是要死的。

这不是一个临终者无谓的悲叹，而只是一种特殊的经历，让我过早地明白了这个道理：我终究是要死的——人的生命，极其有限，没有人可以逃避自己的消失。当我领悟到这一点的时候，我还是一个孩子，所以我很幸运也很不幸地拥有很多空闲，去思索这随之而来的问题：既然我终究是要死的，那为什么我要来到这个世界，度过如此短促的一生？

我相信很多人都和我一样，有过这样的疑问，但大多数人不会像我想了那么久，几乎用尽了自己的整个童年。我为这问题设想了许多许多个答案，甚至想过用自己的死去验证某个答案，但，我还是选择了活着，因为我知道，我终究有一天可以用自己的死亡去验证那个答案的。那么，在此之前，我希望自己那一点点有限的生命去尝试更多不同的可能。

我要感谢所有在儿时被我读过的故事，是它们给了我更多不同的体验，让我从另外一些短促的人生里，看到了存在于这个世界的一些意义和乐趣。但，那些意义终究是属于别人的。什么才是我存在的意义？每当放下书本，我就又会陷入这种无休止的自我追问和存在的虚无感里。

直到我开始将我的疑问编织成一个又一个故事，直到我开始将这些故事讲给另一些孩子听，直到我看见这些孩子因为我讲的故事而对第二天再来这个小房间充满期待，我忽然明白了我为什么要存在：我的存在，只是水中的一滴水，火中的一点光，只是为了传递，传递一些梦想，那些梦想来自我读过的故事，那些故事如今又通过我的语言，传递给了另一些生命。

我终究是要死的，但故事不会死去，故事里的梦想不会死去，一切对生命最初的和最终的追问，都不会死去。

汶川的孩子，如果你和我一样，已经见过太多的苦难、悲伤和死亡；如果你和我一样，幸运或者不幸地拥有许多时间，去思考自己存在的意义和目的，我希望，我们可以从现在开始，用更多的时间去一起欢笑和歌唱。因为，如果我们可以留下一些什么给未来，给未来的未来……那么，我要留下这个叫作小书房的地方，而你，可以留下你的笑声，还有你眼睛里的星光。

读书

你或幸运，发现宝藏，

黄金成堆，珠宝满堂；

你我比来，仍是我富，

因有慈母，为我读书。

　　这是《朗读手册》上最开始的一首小诗，很多人觉得，
这是一种夸大其词，一本几十元钱的小书怎么样也不可能比
得上黄金珠宝吧？然而，我却在读这段话的时候想起了中国
古代的谚语——"书中自有黄金屋"，实际上，这句话也曾
经让很多人以为，读书就是让我们学习怎么样赚黄金的。而
我觉得，凡是这样看待读书的人，大抵上是很可怜的，因为
他们并没有真正地享受过读书的乐趣。如果你从未因为一本
书而流泪哭泣，如果你从未因为一本书而如痴如醉，你问我
什么是读书之乐，我真的无法告诉你，就像我无法告诉一个

没有爱过的人，什么是爱。松居直说，亲子之间的语言是一个家庭最大的财富，因为那是一种感情的交流。确实，这句话和《朗读手册》中的那首小诗是有着异曲同工之处的／我们会爱上一本书，因为它是和我们曾经有过的感情或者梦想，紧紧联结在一起；我们会反复重温一本书，因为我们阅读的已经不仅仅是那些文字或者图像，而是我们这一生最温馨美好的回忆。

书，不过是薄薄的几页纸罢了，可它承载的却是厚厚的人类几千年记忆的积淀，而这，就是公益小书房的使命。我们要做的不是给贫穷者一点钱财，给饥饿者一点面包，给没衣服穿的人几件旧衣，给没有书读的人几本旧书，这些，只是物质的接济罢了，任何人都可以做到。不，我们要做的并不是这样的接济，因为我们是真正爱书懂书的一群人，我们是为了让更多人爱书懂书，才会聚集在这里。我们是要化身为一叶小舟，渡人自渡；我们是要化身为一只灯盏，传递心光；我们要做的是，让更多人知道读书的乐趣，知道什么是人生的至善至美，知道在何处才能寻见自己的心灵家园。亲子阅读的推广，不仅仅是要投入几本书，更是要投入自己的感情。书是可以买到的，宽大的场地，漂亮的舞台，五花八门的游戏，都可以花钱买到，唯有小书房的故事妈妈在其中付出的感情，那是无论什么地方都买不到的，是无价的。如果，若干年之后，还有一个孩子记得小书房，记得他参加过的活动，我敢说，那一定不是因为他当时在一个多么豪华的地方，而是因为他身边有一群可亲可爱的人。而那一刻，我们可以自豪地说，我们，就是那样的一群人。

坚持

2008 年 9 月 1 日

　　前两天，我发现，自己的胳膊肘上有了一个发紫的血泡，裂开的口子隐隐渗出血。难怪每次趴在电脑上打字，都像针扎一样疼，可我不敢告诉爸妈，唯恐因此被逼着休息，失去上网的权利。每天，我从早晨九点开始，趴在电脑上写阅读沙龙话题，做图画书的翻译，一直趴到晚上九点，这中间还要和数十位各行各业的人——小书房志愿者、编辑、网站义工、来咨询亲子阅读的老师、家长……在QQ上讨论各种问题。我希望赚点钱买个电动轮椅，好不用在每次出门时，都要花甲之年的老爸推着我走。可我每次一收到稿费就又会忍不住去买书，真的不知道要到何时才能攒够买轮椅的钱。现在，我所有的时间不是在打字就是在看童话书，我有多少时候没看过自己喜欢的电影了？我有多少时候没看过自己喜欢的诗歌散文了？我不记得了。我只记得，昨天、前天、大前天，又有志愿者在问我："什么时候，什么时候我们这里才能有自己的公益小书房？"

我不是没有想过，找一些人来帮我，然后我自己躺下去，多少喘口气，让自己流血的胳膊肘也能有机会长出一层新皮。可是，谁能够来接替我的工作呢？谁能够代我回答志愿者的提问？谁能够替我制订推荐书单？谁能够帮我写活动策划？谁能组织各地志愿者在一起交流讨论？谁能在某个环节出问题的时候去想解决的方法？

很多人说，我做公益小书房是在糟蹋本应当救济穷人的钱。确实，我是糟蹋了一个穷人的钱——我自己的钱，而我，甚至没有参加过一次公益小书房的活动。虽然每个站点在成立的时候，都邀请我去，我也总是尽量快乐地、充满希望地回答：我总有一天会去看你们的！可我心里却很清楚，那，不过是说说而已。我，这一辈子，可能永远都不会参加到任何一次公益小书房的活动中去，即便这活动就要在芜湖、在我的家门口举行了，我也还是不可能去参加，因为我只能趴着，我坐起来的时间不能超过两小时……

我就是这样地在一张堆满了电脑、电话和书本的床上做着公益小书房。有时做着做着就会想这样一个问题：我死后，公益小书房该如何继续？是的，也许，还会有一些志愿者继续坚持在自己的城市做活动，但是，他们还会不会把自己的这些活动和全国小书房连在一起？公益小书房100个城市共同开展阅读推广活动的梦想要到几时才能实现？我真的，真的很担心自己坚持不到那一天了。

快乐和忧愁

"只有忧愁，或者，只有快乐，都不是真正的生活。"

这句话，本来是打算写在《忘忧公主》的封面上的。后来，因为封面改动，没有用上，可我还是觉得，这句话是对我心目中的生活的一个写照。

在写下9月那篇日记后，一直都有朋友想帮我做点什么。最让我感动的一次，是一位在苏州做公益事业的大哥，特地跑到芜湖来，说是想看看我的胳膊，临走，又硬是丢下五千元钱，说是只当用来买我送他的那些签名书。我自然知道，我的签名还没值钱到那个地步，这是一个朋友对我的情谊，我会深深放在心里的。但是，我也还是要对这位哥哥说，你的钱，我不会用来给自己买东西，我会把它用在小书房需要的地方。如果，我有一天真的很需要钱，来给自己做些什么，那我也会另外想办法，而绝不会接受这样的"馈赠"。

我不是一个超凡脱俗的人，我有属于自己的小快乐，也有属于自己的小忧愁。我也会把自己的微笑和眼泪记录下来，留给自己老去的时光慢慢回忆，可我不喜欢在叹息的时候被人怜悯的感觉。如果，有人真的理解我的忧愁，请你们记住我飞翔的模样，忘记我短促的悲伤。

我不是一个遗世独立的人，我只是向往更加自立的生活，可我不希望这样的自立是建立在接受扶助的基础上。如果，有人真的想让我快乐，请你们给我一个机会，让我和别人一样找到自己在社会上的位置，而不要只是让我在一笔金钱面前，感到自己像个乞丐般的贫穷。

在趴着的时候，仍然保持一个头颅高昂的姿态，的确，是很累人的，可我会继续保持这个姿态，直到我不能动的那一天。一个人，可以忧愁，也可以一无所有，但是她绝不可以放弃靠自己去追寻幸福的努力，如果放弃了，那么最终消失的，将不是忧愁，而是她自己。

记录时光

　　记得，九岁那年，我从爸爸那里得到了专属于自己的第一个日记本子，从记录一棵小小牵牛花苗的生长开始，开始了我的码字生涯。不过，必须坦白的是，在我的第一个日记本里，就从来不是每一天都有记录的，我曾经不止一次地在日记本上写：从今天开始，我一定要天天写日记。但是，我很快就发现，这真的是一件非常非常困难的事情，因为，有许多不开心的日子、无聊的日子、阴霾的日子，我都不想做记录。只有那些快乐的日子、有趣事发生的日子、晴朗的日子，才会让我产生用文字记录下它们的愿望。而晴朗的日子，却又总是那么少……

　　时光跳转到今天，又一个还算是晴朗的日子，望着窗口已经开始凋谢的蔷薇花，我开始明白，九岁的我，那随心所欲的做法其实倒是十分正确的。人生，不管是长是短，都不可能做到让每一天都留下痕迹，总有一些日子会像枝叶、像尘土，悄然存在，又悄然逝去；只有少数几个日子会像花朵，在枝头绽放一瞬间的光，在我们的回忆中加上一刹那的亮色。如果，我们能够记取的属于自己的生命历程只有那么一点点，能够留给未来世界的回忆只有那么一点点，那么，当然，应该留下那最美好的一瞬。小书房，这个从2004年诞生的孩子，或许，也不可能做到去记住自己的每一天、去分享人间的每一本童书，但是，我希望：他记住的，都是晴天；他分享的，都是好书。

这，其实也是我们不再试图去折腾什么数据导入，而宁可亲手去一本一本添加童书、一篇一篇转帖读书记录的重要原因之一：在手工添加每一本书、每一个记录的时候，我们也在重新审视这些书和记录，就像重新回忆我们生命中流逝的每一天，唯其如此，我们才能确信，这些书，这些时光，它们值得被记住。

信仰

儿童文学存在的意义是什么？不同的人对这个问题会有不同的回答。

是为了孩子，因为孩子的阅读需求和成年人不同，不同年龄有不同的需求——这样回答的多半是编辑或是阅读推广人。

是为了不能忘却的那些童年记忆，为了自己心里还活着的那个小孩子——这样回答的多半是作者们。

是为了快乐、有趣，为了让自己的生活更加丰富多彩——这样回答的多半是家长或是小朋友。

是为了对抗沮丧、绝望，为了对这个不够美好的世界说"no"，为了未来的世界哪怕一丝丝可能，会变成梦想中的美好样子，或是变成比梦想中还要美好的样子，只为了这个希望恒在——这，是我的回答。

这段时间，网上网下一些事情的发生，让我再次看到了理想和现实之间的差距到底有多的巨大。这个世界几乎已经没有人与人之间的信任和理解，即使是有着同样爱好和愿景的人，如果没有一个共同的利益点作为绳索，也还是走不到一起。所以我也完全理解，为什么始终有人不理解：我为什么放着可以赚钱的童书出版不做，偏偏要做这种倒贴大把金钱和时间的网上网下的免费阅读。我对他们说，这是为了信仰。但是我也知道，没有人听得懂我的话，至少在中国，这个五千年来只有复杂的宗教没有单纯的信仰的地方，没有人听得懂我的话。我不信任何教派和教义，我不信佛教的轮回，不信基督教的永生，但是，我有我的信仰，我相信生命只有一回，我相信获得一个灵魂是一个艰辛的过程，我相信人可以用精神力量改变整个世界，只要这种力量足够坚定和强大。我不相信神灵，不信任何神力可以拯救世界，但是我相信，人性中有一种神性，正是这种神性让我们一次又一次从黑暗里寻找到光明。而真正的儿童文学就是具有这种神性的文学，是能够超越人世间的浑浊，超越国界、种族、性别、年龄的限制，清澈透明地存在下去的一种思想和领悟。

我收集着这些思想，因为这样我才能让自己知道，我并不是孤独地旅行在这个世界上。

我记录下自己的领悟，因为这样我才能够让生活在其他时间的那些孩子知道，你并不是孤独地旅行在这个世界上。

　　我建立起这个网站，因为这样在我死去之后，也还会有人知道，梦想、希望、信仰、奉献，从来不是孤独地存在着，在这个世界上，追寻它们的旅人始终有一个不离不弃的同伴，它就叫：儿童文学。

选择

　　小时候，我认识一个邻居家的小女孩，长得小巧可爱，说话细声细气。那时，愿意和我这样一个病孩子一起玩的同龄朋友，寥寥可数，所以，我十分珍惜这段友情。有一次，我用自己积攒的压岁钱买了几个发梳，虽然只是几角钱一个的东西，对我来说，也算奢侈品了，我特意选了一个粉色的发梳给她，因为知道她喜欢粉红色。当然，她很开心，为了回报我的礼物，她决定把自己刚刚买的一把新扇子借给我玩。扇子是一元钱一把的那种折叠小纸扇，我当宝贝一样捧玩着，却不知道怎么一来，把那扇子上的螺丝旋钮给碰掉了一个。当我把那不幸的扇子还给小女孩的时候，她先是满脸的吃惊，随后变成了愤怒，当时，正好有一根用来捆扎物品的细绳子就放在我床头，她便拿起那根细绳子，猛地抽在我脸上，一边抽打一边用那依旧细声细气的好听声音骂着——"小瘫子！小瘫子！"

病卧在床的我，毫无还手之力，也无法逃走，家里的大人也不在场，我只能任由那根细绳子抽打着我的脸，在脸上打出一道血印子，这是我第一次被人这样抽打，而打我的人，是我当最要好的朋友一样对待的同龄人。

　　再后来，我有时还能看到那个邻家女孩出现在我家门外，但是不知道为什么，我总觉得，她距离我很远，很远……我觉得自己真的永远无法理解，为什么曾经作为朋友的人，可以因为一点点小事情，就如此无情，如此伤害对方。

　　很多年之后，我开始明白，人活着，总是难免会受到或有意或无意的伤害，而善与恶，其实都是人在受到伤害后的一种自然反应，只是这种反应，也是因人而异的。有时候，一个人之所以善良，是因为他受过伤害，他懂得这种伤害会造成什么样的痛苦，所以他不想把这样的痛苦加在别人头上。有时候，一个人之所以恶毒，是因为他受过伤害，他懂得这种伤害会造成什么样的痛苦，所以他觉得必须让别人也尝到自己所品尝的痛苦。于是，有的人有着无比痛苦的童年，长大后却写出了"这一封轻柔的短函对折着，正在寻找一个花儿投递处"这样充满柔情的诗句；有的人在历经磨难后，却用自己得到的权势去成立纳粹党，报复整个世界。所以，无论是基督教，还是佛教，他们总是劝诫世人，要放下心中的恩怨，要学会原谅和宽恕。其实，宗教的创造者也只是在伤痛中选择了善意的人，而这样的人，总是希望有更多人，来为自己和他人做出前一种选择。

　　我不是宗教信徒，但是我相信一个人是否具有选择善良的能力，和儿时父母的影响是分不开的。记不清是哪一本儿童教育心理学的书上说过，如果一个父母希望孩子成为什么人，自己就需要先去做这样的人。我觉得能说出这句话的人真是有一种生活的大智慧。如今回头细想，我之所以能够经历过各种歧视、冷漠，却还是会选择善意、乐观地去对待整个世界，只因为我的妈妈就是这样一个人——从她九岁开始，她的双亲就因为"文化大革命"双双进入牛棚，她一个人承担了三个弟妹的抚养重任，但她对如此对待自己的社会没有丝毫的仇视，相反，她总是会很热情地帮助那些弱小者，并且总是对我说："你要相信，世界上还是好人多。"

　　如果人生真的如同沙漠，没有爱在左，也没有同情在右，那么，至少，每一个父母，还可以选择，是让自己的孩子去做沙子，还是去做一朵即使在沙漠当中也愿意继续绽放的玫瑰。而我选择了做玫瑰，虽然我没有孩子，但是至少，小书房可以是这样一朵玫瑰，哪怕是夏日的最后一朵玫瑰，也要吐露芬芳，继续善良。

礼物

　　在那些初涉人世的日子里，作为一个不善言语表达的孩子，我在不知不觉间养成了一个习惯，那就是，总喜欢悄悄地塞一些礼物给别人，却不说那礼物是自己送的。我曾经在一个洒满阳光的午后，将一只毛线做的绒球小熊挂在那个会弹钢琴的邻居小女孩的门口；我也曾经投递出一些贴着可爱邮票的明信片，歪歪扭扭写上"新年好"和"节日快乐"，却没有写上自己的名字。我有时候也会想，那些收到礼物的人，看到礼物的一瞬间，是欢喜多，还是惊讶多？他们如果知道是我送的礼物，又会说些什么？可是，想，也只是默默地想，好像只有这样悄悄地给予，我才感到踏实和平安，正如同圣诞老人总是要等到孩子睡着了，才会靠近他们的床边。

　　长大以后，这个习惯仍然没有改变，当我做小书房网站的时候，仍然是一个人默默地做着，不去和别人言说，如果不是有一些网上的儿童文学爱好者自发地帮小书房去宣传，可能到今天，我仍然在做着一个小小的个人主页，只是默默更新，谁也不告诉——等到网上到处是转帖的时候，也不会有人知道那些文字是谁最先贴出来的。时至今日，我必须承认，这个独行侠的习惯并不是什么好习惯，说得好听，那叫孩子气的腼腆，说得不好听，那就是一种自闭。事实上，我一直就是一个孤独的孩子，在我的童年记忆中，最频繁闪过的景象就是我独自一人面对着一扇窗口，等着爸妈下班和弟弟放学。渐渐地，这种独自一人似乎成了正常的生活，而拥有一个可以说出所有的话、分享所有的事情的朋友才是不正常的超出现实的奢望。直到开始做公益小书房，我才开始逐渐学习如何去信任陌生人，如何不害怕被别人拒绝，如何去对一群完全不认识的人表达自己的真实感受和愿望，时空的距离让我得以小心翼翼地对着茫茫人海迈出了第一步，只因为来自远方的一串稀奇古怪的网名，总会让人觉得这一切都是一个故事里发生的事，而并不是现实。

但是，这一切的的确确就是现实。那一个个走到我身边来的大人和孩子都是再真实不过的普通人。我仍然记得他们带着天真烂漫的笑容，从我家阳台的丝瓜架下走过来的样子。但不知道为什么，很多人，总是和我擦肩而过，就好像两列相对而行的火车，只是打个照面，就再也没有重聚过。于是，我也来不及和他们多说一些什么，只能在闲暇时静静地想一想，如果我能和这些人再见，我会说些什么？如果我能再一次出现在他们面前，他们是欢喜多，还是惊讶多？

如果说，做了十年的网站，我最大的收获是什么，那就是我仍然还有这些回忆；如果说，做了十年的网站，我最大的遗憾是什么，那就是有一些回忆也永远只能是我自己默默地回忆，再也没有人可以言说。十年的风风雨雨，留在网上的对话也足够写上十部《追忆似水年华》，我把这些都看作是生命的痕迹、珍贵的礼物，可留下礼物的人，你又去了哪里？

现在，我终于明白，那个收到绒球小熊的孩子，一定也和我同样的孤独，因为在那个洒满阳光的午后，她收到了一份礼物，可没有人看到她惊喜的表情，也没有人分享她那一瞬间的快乐，许久之后，当她回想起这一幕，也许会觉得在那小熊背后，还有一个巨大的自己错过了的世界，而这正是我此时此刻的感觉。

在这个圣诞节来临之际，如果你寄出了一份小小的礼物，请不要再默默地转身离去，如果你也有一些可以让你微笑的记忆，请不要再默默地独自回想，因为无论你可以给予这个世界的快乐有多么的微小，只要有人一起分享，就不会变成孤独的回忆。

第五辑

时间的箭矢

没有去而复返的岁月，
只有追悔莫及的人生！

春之漫思

一

春日不留痕。

是谁说过这句话？——我已经忘了。唯一记得的，是听到这五个字时的奇怪感觉：伤感中还带着一丝疑惑——为什么，不留痕的只是春日呢？

一年又一年，许多个春日在我的一恍惚中匆匆而逝。在记忆的断片里，在日记的缺页中，我徒然地寻觅着它们曾经伴我存在过的一星半点的痕迹。

我还记得去年的秋日，尽管它也短促得像一个梦境。可它的落叶，它浮动在晴空下的桂树的清香，却并没有从我的记忆里飘去；我还记得很多个夏日，尽管它们又温长又乏味，可透过咸咸的汗水味道和空调机嗡嗡的噪音，我还是能清楚地感觉到，从窗玻璃上反射过来的刺目光线、那些茂盛枝叶所投下的浓浓阴影；至于冬日，只需一场小小的雪，就足以让你记得所有与它相连的呵着热气的相聚和冒着寒风的别离。可是，春日，它是个什么样？即使你此时此刻问我，我还是回答不出。

一片淡蓝，一片橙黄，在木纹地板上不被觉察地移动着。隔着半开的窗，被日光温热的空气弥漫出一种奇异的味道，令人昏昏欲睡。又一轮光阴正从我身旁悄悄流过，可它是不是一个春日呢？我不知道。尽管我们很早就用历书划分了四季，可要精确地判定一个季节自何日始，至何日终，却仍然是一件令人头痛的事。也许，只有在我们的记忆里，四季才是分明的；也许，只有当我忘却了这一天，我才能确定，它是不是一个春日。

二

晴朗而温暖的天气已经持续了一个星期。早晨的阳光和悲观的气象预报仍然在唱反调，可这些金色的碎片究竟还能停留多久呢？令人怀疑。电视里塞满了来自另一个时空的炮火声，窗外却是一片难得的寂静：没有孩子（都上学去了），没有汽车（都上街去了）。只有在垃圾桶边觅食的几只麻雀偶尔闹出一两个叽叽喳喳的尖细声音；还有一个孤单的泥瓦匠在一圈尚未完工的院墙上，断断续续地敲打着糊有泥的方砖块。

其实，我所做的一切，也只是和他一样。这个想法让我感到一种莫名的凄凉，因为，我发觉，事实上他的工作要比我更为成功。他正在砌就的那堵砖墙，是每个人都可以理解的一种事物，它可以被触摸，被感知，它坚硬、冰冷，对所有人来说都一样，因为它是一种存在，固定不变。而我此刻用文字砌就的这堵墙呢？它渴望表达的含义永远也不会被任何人理解，它是悬在虚空里，或者，它本身就是一个虚空。只不过，此时此刻，这个虚空是属于我的；而到了下一刻，当它被别人读着的时候，它就变成了另一个思维所塑造的别的什么东西了……

信手打开电脑里的一本书——《百年孤独》，发现这孤独终究还是我的，而不是加西亚·马尔克斯的。而我，我也只是为一百年后的某人记录着他的感受。窗外，开始下雨，灰色的水泥道上溅起一圈圈微白的水花；你也看见了？但，那是另一场雨了……

<h1 style="text-align:center">三</h1>

　　光阴，是会从手指的缝隙间溜走的。三月的光阴，就更是如此。

　　黄昏苍白的余晖，正落在桂树深红的嫩芽上，一群半大的雀儿，还在为争夺一个树顶的位置叽喳个不休。可转眼，高楼投下的阴影就已和暗棕色的干枯草坪模糊成了一片，只有那些如婴儿头上纤发一般细软无力的新生草叶，在路旁灯光的照射下，呈现出一种奇异的幽蓝光泽。

　　但，夜，还未真正地降临。对面阳台上晾着的格子布被单，在发着微光的天幕上仍然清晰可辨。那些被白炽灯映得金灿灿的小窗口里，还未传出碗碟碰撞的叮当声。两个背着书包的小男孩，正半蹲在小院里的水泥路上，摆弄着一只黄黄绿绿的风筝。

　　傍晚的风，冷得仿佛要将正在流动的思想复凝成冰。迎春的柔枝，在风中不安地颤动。恍然间，竟想起五年前，同样一个有风的傍晚，同样的一只风筝，正飘飞在十二层楼宇的平台上……

那时，只以为一切都还是刚刚开始，就如今夜，只是明晨灿烂春光的一个序幕。然而，在漫长而不安的等待中，序幕一次次地落下，又一次次地升起……春天，却始终没有来。

谁曾经说过，人生也是有四季之分的。如果真是如此，为什么一个人永远无法确定自己的幸福会出现在何时，又结束在何时？是的，我们还可以等待，因为春天还没有来，然后，当夜幕再一次落下的时候，生命的序幕，也就落下了……

秋之断章

一

藤蔓植物是一种很奇特的生命体，它们似乎可以做到无处不在，而且似乎每分每秒都在不停生长。它们可以在数昼夜间将大都市中的一片荒漠点染成一个绿色天堂，却也会因为几缕秋风而匆匆萎谢，在一片水泥的冷灰色中留下几笔了无生气的暗黄条纹。

秋风还未起。

锦荔枝的触手缠在窗口的护栏上。大片的绿叶似泼墨写意的画卷，悬垂在七月的骄阳中，轻摇曼舞。连窗外那片灰白的风景，也因这翠玉的镶嵌而幻化得美轮美奂。然而，也正是因为这过分的美丽，才令人产生一种虚无的感觉。毕竟，再过两月，就近深秋了啊！

在这个星球上，是不存在永恒之生的。而生命中的绚烂一刻，更是出奇的短暂。因为短暂，就显得不真实，如同一个自我安慰的梦境。但，这难道就是生命的全部意义？

一只黄色的小蝴蝶，飞落在锦荔枝的花朵上，开始静静享受自然的赐予。而那些和它同色的花儿，也在静静等待着一个孕育成熟的果实。生命的意义何在？或许，一只虫、一朵花凭本能所知的，要比任何一个人类所能了解的，更为深邃。

二

已是立秋之后的第二天了，可生命活动的迹象却和烈日下的气温一样，只见增加，不见减少。

正午的阳光下，麻雀们栖息在两栋楼房之间的电线杆上，就像一根灰白色树干上被细枝挂着的几个金褐色果实。另几只麻雀在楼房围成的天井里跳来跳去，从一块块被灼热的水泥道路切割开来的沙石地上，啄出豌豆虫或是黑蚂蚁一类的美味。空中不时掠过一对轻盈的黑影，那是燕子夫妇在为它们饥饿的小宝宝——或者是已经长大了的孩子们——搜寻着食物。为了捕捉一只小小的飞虫，它们甚至穿过一扇开着的窗户，在对面楼上的人家里转了一个圈，又从另一扇窗里飞了出来。

这一切都在悄然无声的西南风中进行着，没有人来打扰。

地面上，一只浅褐色的小老鼠从半块红砖头下蹿出，又箭一般飞快地钻进了另一堆碎石片底下。与此同时，水泥路上，一个戴着蓝色遮阳帽的女孩，也同样匆匆忙忙地跑向了一单元楼房那黑漆漆的楼道口。哺乳动物似乎都不喜欢过分明亮的光线。但那些小小的飞蛾，银色的菜粉蝶，闪动着浅蓝色光泽的小苍蝇，还有那貌似蜻蜓，却更纤细小巧的"豆娘儿"，就像金色空气中一个个闪烁不定的光斑，却全是那么喜气洋洋地享受着白昼的热情与静默……

但是秋天的歌曲终于在深夜奏响了。幽暗的窗外，看不见星星，只有对面院落里投来的几束或白或黄的灯光。藏在杂草丛中的纺织娘，就在这神秘的光晕中，摇响了装满碎冰的玻璃杯。这清冷的声音，和蟋蟀摩擦琴弦时暗哑的沙沙声，一呼一应。甚至，连隔壁冷气机低沉的轰鸣，也不能淹没这些如精灵一般遨游在空气中的音符……

三

一场秋雨之后，空气忽然变得冰冷。阳光依然照耀在已经枯黄的葫芦藤上，甚至，因为没有了茂密叶片的遮挡，而更显明亮。但，这样的阳光，已经不能给躺在墙角锯木屑上的猫儿，带来更多的暖意了。

小院里的几棵小小的樟树，在干枯的草坪上投下暗绿色的影子；一群蚂蚁在一只将死的蚱蜢身边做着最后的忙碌；几只黄色的小蝴蝶像落叶一样，随风飘落在树下的蔷薇丛里，在那些光秃秃的枝头，已经没有了水红色花朵的点缀；只有一直如同高粱秆一般竖立在一边的"白香玉"，忽然间用它团团怒放的银色花朵，给清冷的秋风里，增加了一种奇迹般的香气。

猫儿坐在阳台上，装得好像对外面发生的一切都漠不关心，可是，一转眼间，它已经蹿入了草丛，开始追捕那些蝴蝶和蚱蜢的兄弟来了。即使是在这种近乎愚蠢的狩猎游戏中，猫儿也仍然能够让自己的每一个动作都显得无比优雅。当它踮着脚尖向一丛灌木靠拢时，它就像是一个久经训练过的芭蕾舞演员。

当猫儿沉迷于自己的游戏时，躺在枯草干叶上的光明，就像一条忧郁的蛇，悄无声息地滑向了另一个我们看不见的时空。秋日的午后，短促得好似猫儿玩倦了时，卧在草丛间打的一个盹儿。当猫儿再次睁开双眼的时候，黄昏淡紫色的风，已卷着秋夜的寒气，将它包围了。

猫儿镇定地走在凉风中，不时地转动一下自己的耳朵，听听风和树叶的闲谈。它还不知道，自己将要面临着一场什么样的考验——这个寒夜仅仅是个开始，紧跟着，冬天就要来了。

四

这是一个连阳光都显得忧郁的季节。那落在每一棵树上的灿灿金色，都和树叶本身的微微发黄混合在一起，就这样在有形中提醒着你，时光的流逝，和生命的消亡。

当你渐渐开始喜欢在这样一个季节，这样一个午后，什么也不做，只是注视着这样一棵金色的树，注视着生命的孤寂，而因此忘了自己的孤寂的时候，你就已经老了。

躁动的心在无数次碰壁后终于变得安静了。这不是在冬日的茫茫雪野上一片死寂的安静，而是在风卷落叶的沙沙声中，在蟋蟀最后几声悠长的凄鸣中，在一群秋游的孩子的熙熙攘攘中，在挑着柿子和葡萄的街头小贩的殷切叫卖中，全然无动于衷的安静。既无喜，亦无悲，只是一种存在，和一种还要继续存在下去的感觉。

　　是的，叶落了，树还会继续存在下去。当你一边这样想着，一边平静地拿起笔来记录下这句话的时候，你就真的已经老了。

时间的箭矢

有一天，你突然发现自己已经不再是个小孩子了。

你还在迷恋童年，可是，那些滑稽可笑的面画已经不能再令你开怀大笑了，当然，有时还是会嘿嘿地笑两下，但在这种笑中条件反射的成分更多过于快乐。

你不再和你的玩具说话，而且，在整理房间的时候，你会把它们重重地扔在一边，其实你会冒出这样的想法，干吗要让这些没用处的摆设占那么多宝贵的空间呢？虽然，就在不久之前，你还在梦想着让这些倒霉的"摆设"堆满你的整个房间。

你依旧记得所有的游戏，但是，你再也感觉不到玩游戏的乐趣；相反的，你只是感觉到累，不管是得胜还是惨败，你既发不出兴奋的尖叫，也没有了大呼"再玩一次"的热情和力气。从前，当你被一群小孩子包围，你会觉得自己成了整个世界的中心，而现在只和五个孩子玩上一个小时，你就已经感觉走近了世界末日。

有一天，你会发觉，自己已经不再年轻了。

那些凄凄惨惨的爱情电影再不能让你麻木的眼眶挤出一滴眼泪来了。

最动人的诗歌和音乐，如今只是在失眠的夜晚才能起到一点儿代替安眠药的作用。

当成打的鲜花放在面前，你首先想到的不再是花的芬芳而是它的价格了。你望着天上的云，不再是泛想联翩，而只是想知道，今天会不会下雨？

你曾经认为自己是一个无所不能的天才，可现在你开始怀疑这一点了，你越来越觉得自己只是个和其他人没什么两样的普通人。而你从前打算在五十岁之前做到的那些事，什么环游世界啦，出诗集、办画展啦，拍一部自传或电影啦，成为百万富翁啦，也都渐渐变成了你下一辈子的希望。

有一天，你不知道怎么就觉得，自己已经老了。

你的牙齿一颗接一颗地松动了，就像你七八岁的时候那样，但这一回，它掉下来后就不会再自己冒出来了，这倒无关紧要，毕竟还可以安装假牙，唯一的损失就是不能再大嚼麻花了。但你的眼睛也越来越差了，当戴着眼镜也找不到报上的小字时，你就开始明白，人生最大的一种不幸就是长命百岁。

你开始惧怕新的事物了，包括那些新的环境和新的规则，因为你已经不能再把它们装进你的大脑里去了。你的生活再没什么变化了，这倒让你觉得很满意，因为任何变化对你的影响都是灾难性的。

你的愿望越来越少了。事实上，除了一日三餐，你已经不再有什么其他的欲念和想入非非了。无欲无想的生活，自然谈不上有什么快乐的感觉，但至少也不会再有任何的失望和不满了。有时，你会因为无聊而去回想自己一生中曾有过的种种冲动和渴望，但那些记忆都已显得如此的不真实，以至于你觉得那更像是一个长长的春梦，而非现实，可你如今的生活呢？谁又能够确定，这就不是一个更加无味的梦境的开始……

天！就让这个梦结束了吧！

有一天，睁开双眼，你发现自己的人生才只是刚刚开始，你的青春也从未丢失，你仍然拥有着一个充满活力的躯体和一颗多梦的心，你仍然可以尽情享受生命；你的未来还没有确定……上帝，还有什么能比这样的醒来更加幸运？

欢笑吧，亲吻吧，如你所见的一切祝福吧！在你尚未成为一个垂垂老朽之前，热爱自己的生活吧！但是，千万千万要记着，没有去而复返的岁月，只有追悔莫及的人生！

[全书完]

我拥有这个世界上最大的自由

—— 梦想的自由。

请你们记住我飞翔的模样，

忘记我短促的悲伤。

漪然（1977 — 2015）

原名戴永安

儿童文学作家、翻译家

出生于安徽芜湖，3岁意外致残，8岁开始自学，14岁从事专业写作，

2015年因病去世，年仅38岁，一生共创作并翻译作品200多部

漪然创作年表

1993   创作散文诗集《四季短笛》

2008   出版长篇童话《忘忧公主》，绘本《星球故事》系列

2011   出版绘本《肚子上的小口袋》

2013   出版绘本《一截红毛线》

2016   出版遗作《心弦奏响的一刻》

2018   "大师与童年：漪然译创作系列"出版，涵盖漪然三本原创经

典：《四季短笛》《忘忧公主》《记忆盒子》

漪然译作年表

2005   《莎士比亚戏剧故事集》

2006   《轻轻公主》《海精灵》《七条龙》《花朵的故事》《不一样的
卡梅拉》

2007   《鬼怪森林》《月亮的味道》《圣诞童话》《五个脑袋的小鱼》
《花瓣枕头》查理与劳拉》（系列）《嘻哈农场》（系列）《暖
暖心绘本》（第一辑）

假如我是一个爱做梦的孩子
妈妈，你愿意抱着我
听我说一说我梦里的世界么

记忆盒子

产品经理｜李　静　　装帧设计｜马　娴
产品监制｜慢　慢　　责任印制｜路军飞
技术编辑｜陈　杰　　出 品 人｜于　桐

图书在版编目（CIP）数据

记忆盒子 / 漪然著. -- 昆明：云南美术出版社，
2018.5
　　ISBN 978-7-5489-3184-3

　　Ⅰ．①记… Ⅱ．①漪… Ⅲ．①散文集－中国－当代
Ⅳ．①I267

中国版本图书馆CIP数据核字(2018)第079624号

责任编辑：梁　媛　　于重榕
装帧设计：马　娴
责任校对：李　平

记忆盒子

漪然　著

出版发行：云南出版集团
　　　　　云南美术出版社（昆明市环城西路609号）
制版印刷：北京旭丰源印刷技术有限公司
开　　本：1230mm×880mm　1/32
字　　数：92千字
印　　张：5.25
印　　数：1-9,000
版　　次：2018年6月第1版
印　　次：2018年6月第1次印刷
书　　号：ISBN 978-7-5489-3184-3
定　　价：48.00元

如发现印装质量问题，影响阅读，请致电联系（021-64386496）调换

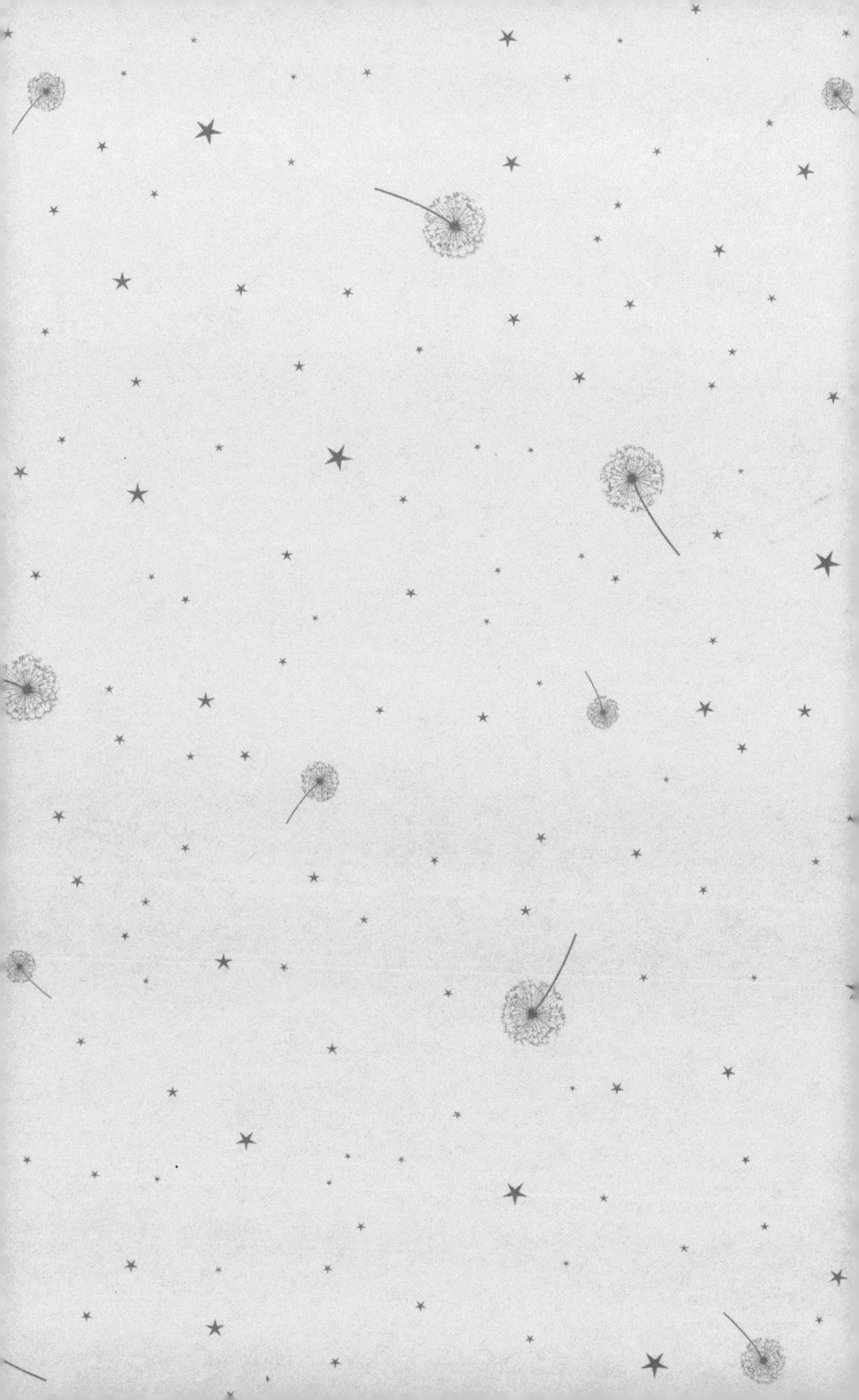

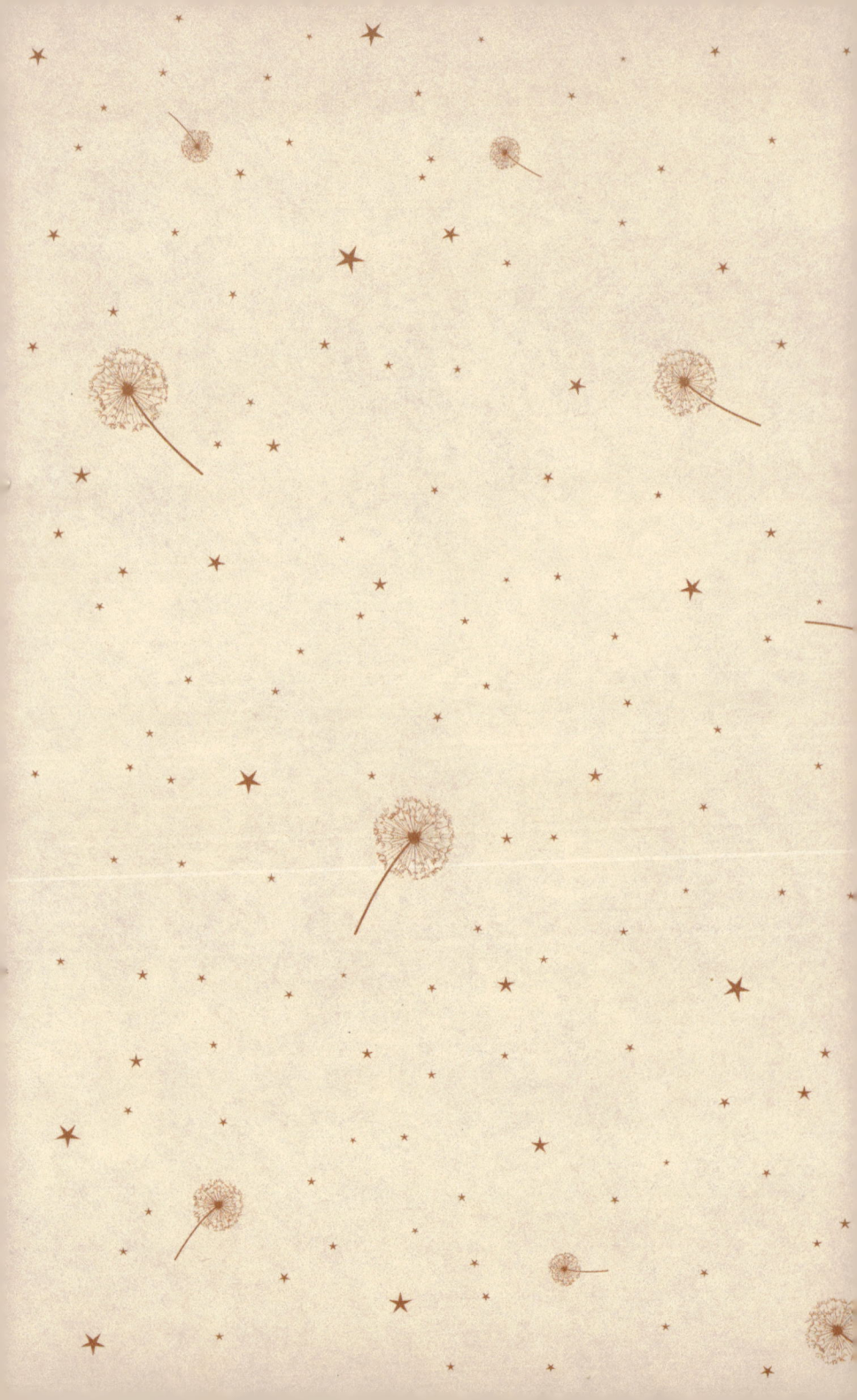